हिन्द पॉकेट बुक्स

कार्निवाल

कृश्न चन्दर हिन्दी और उर्दू के कहानीकार थे। उनका जन्म 23 नवंबर 1914 को वजीराबाद, ज़िला गूज़रांवाला (अब पाकिस्तान) में हुआ था। उनका बचपन पुंछ (जम्मू और कश्मीर) में बीता। उन्होंने अनेक कहानियाँ और उपन्यास लिखे हैं। उनके जीवनकाल में उनके बीस उपन्यास और 30 कथा-संग्रह प्रकाशित हो चुके थे। उन्होंने रेडियो नाटक और फिल्मी पटकथाएँ भी लिखीं। 1973 की प्रसिद्ध फिल्म मनचली के संवाद उन्हीं के लिखे हुए थे। उनकी भाषा पर डोगरी और पहाड़ी का प्रभाव दिखता है। उनकी कहानी पर धरती के लाल (1946) और शराफत (1970) जैसी फिल्में बनीं।

1969 में उन्हें पद्मभूषण से सम्मानित किया गया था। उन्होंने मुख्यतः उर्दू में लिखा, किन्तु भारत की स्वतंत्रता के बाद हिन्दी में लिखकर राजभाषा के प्रचार-प्रसार में योगदान दिया। उनका निधन 8 मार्च 1977 को मुंबई में हुआ था।

कार्निवाल

कृश्न चन्दर

हिन्द पॉकेट बुक्स
पेंगुइन रैंडम हाउस इम्प्रिंट

हिन्द पॉकेट बुक्स

यूएसए। कनाडा। यूके। आयरलैंड। ऑस्ट्रेलिया। सिंगापुर
न्यू ज़ीलैंड। भारत। दक्षिण अफ़्रीका। चीन

हिन्द पॉकेट बुक्स, पेंगुइन रैंडम हाउस ग्रुप ऑफ़ कम्पनीज़ का हिस्सा है,
जिसका पता global.penguinrandomhouse.com पर मिलेगा

पेंगुइन रैंडम हाउस इंडिया प्रा. लि.,
चौथी मंजिल, कैपिटल टावर -1, एम जी रोड,
गुड़गांव 122 002, हरियाणा, भारत

पेंगुइन
रैंडम हाउस
इंडिया

प्रथम संस्करण हिन्द पॉकेट बुक्स द्वारा 1969 में प्रकाशित
यह संस्करण हिन्द पॉकेट बुक्स में पेंगुइन रैंडम हाउस द्वारा 2022 में प्रकाशित

10 9 8 7 6 5 4 3 2

ISBN 9789353495268

मुद्रकः रेप्रो इंडिया लिमिटेड

www.penguin.co.in

FSC
www.fsc.org
MIX
Paper from
responsible sources
FSC® C047271

This is a legitimate digitally printed version of the book and therefore might not
have certain extra finishing on the cover.

कार्निवाल

वास्तव में उसका नाम शोभा नहीं था, रोज़ी था। मगर चूंकि वह मिस्टर बोस के यहां खाना पकाने पर नौकर हुई थी, उसने अपना नाम शोभा रख लिया था। आजकल यही करना पड़ता है, हिंदू के यहां काम करो तो हिंदू नाम रखना पड़ता है, मुसलमान के यहां काम करो तो मुसलमान नाम रखना पड़ता है, ईसाई के यहां काम करो तो ईसाई नाम रखना पड़ता है। आजकल दुनिया कुछ ऐसी होती जा रही है कि असली नाम और धर्म केवल बड़े-बड़े आदमियों ही का रह सकता है। बड़े-बड़े शहरों में ग़रीब लोग अपनी जेब में पांच-छ: नाम ज़रूर रखते हैं, जिन्हें वे समय और परिस्थिति के अनुसार इस्तेमाल करते रहते हैं, नहीं तो रोटी कमाना मुश्किल है।

उसका चेहरा भी कुछ हिंदुआना-सा था, और अपनी मां की तरह हमेशा साड़ी पहनती थी, नीची नज़र करके बात करती थी, और काफ़ी लजाई-शर्माई-सी रहती थी। यूं देखने में कोई ज़्यादा सुंदर भी नहीं थी—दुबली-पतली, सांवली, मगर उसकी आंखों में कोई बात थी, जो देखने वाले को दोबारा देखने पर विवश कर देती थी, और दोबारा देखने पर वह पहले से कुछ ज़्यादा अच्छी मालूम होने लगती थी। उसके उदास होंठ हर समय सिसकते-से मालूम होते, और आंखें तरस खाने पर मजबूर करतीं।

उसे देखकर यह जी चाहता था कि उसे एक हाथ मार दिया जाए और फिर पुचकारकर प्यार कर लिया जाए।

वह अपनी मां सूफिया मन्दराल के साथ ग्यारह वर्ष की उम्र में बंबई आई थी, मंगलौर के किसी दूर के ईसाई गांव से जहां तीन साल से सूखा पड़ रहा था, और बेहद ग़रीबी थी। और रिश्तेदार निर्मम थे, और बाप बचपन ही में मर गया था। इन सात बरसों में शोभा ने बंबई में बहुत कुछ देखा था। पहले उसकी मां 'कुक' थी, और वह झाड़ू-कटका करती थी। अब उसकी मां मर चुकी थी और वह 'कुक' थी। उसकी मां ने रसोई के काम में अपनी बेटी को इतना निपुण कर दिया था कि अब वह हर तरह का खाना बना सकती थी, और अपने स्वादिष्ट पकवानों और अपने सुंदर मीठे स्वभाव से जहां जाती अपने मालिकों का मन मोह लेती। मगर इससे क्या होता है। एक अच्छे 'कुक' को आम अच्छे घरों में सत्तर रुपये से ज़्यादा पगार नहीं मिलती है, साठ-सत्तर, साठ-सत्तर इसी ब्रेकट में उसे काम मिलता था। बहुत कम है यह। अपने घर में छठी कक्षा तक पढ़ी थी अगर उसका बाप ज़िन्दा रहता तो शायद मैट्रिक तक पढ़ लेती। हो सकता था उसे कोई अच्छा पति भी मिल जाता। अब तो वह ऐसी बातों के बारे में बहुत कम सोचती थी। और जो कुछ वह सोचती थी, उसमें सबसे बड़ी उलझन यह थी कि उसका मन कुछ और सोचता था और उसका शरीर कुछ और सोचता था। जवानी में अक्सर ऐसा होता है।

उसे महीने में चार बार आधे दिन की छुट्टी मिलती थी, और वह छुट्टी के समय में हमेशा अपनी सहेली रसना को लेकर, जो उसकी ही तरह मंगलौर के किसी दूसरे गांव से आई थी, किसी सिनेमा में घुस जाती थी। रसना गेहुए रंग की, नाटे क़द की गठी हुई चुस्त लड़की थी, जिसे बंबई आए अभी एक साल भी नहीं हुआ था। इसलिए अभी तक गंवार, मुंहफट, उजड्ड और किसी क़दर बेवकूफ़ भी थी। शहरी

रंग-ढंग अभी उसे नहीं आए थे। मगर आ जाएंगे, बंबई शहर बहुत कुछ सिखा देता है।

मगर जब से माहिम क्रीक पर समंदर के किनारे कार्निवाल लगा था, शोभा ने सिनेमा जाना छोड़ दिया था। और शोभा के साथ रसना ने भी। कारण लाली था। और यह भी सच था कि शोभा और रसना ही नहीं, बांद्रे, खार, सांताक्रुज़, माहिम के आसपास की बहुत-सी क्रिश्चियन छोकरियां, आयाएं, नर्सें और टाइपिस्ट छोकरियां उसपर लट्टू थीं।

औरतों को लुभाने के अन्दाज़ लाली को बहुत आते थे। घने घुंघराले बालों का एक गुच्छा-सा हर समय उसके माथे पर झूलता रहता। चमकती जादू-भरी मुस्कान थी उसकी जिसपर औरतों का दिल लोट-लोट जाता था। फिर कपड़े भी बहुत अच्छे पहनता था वह, जो उसके ऊंचे-लम्बे क़द पर बहुत सजते थे। उसका बदन ताक़तवर, लचकीला और बेहद सुडौल था। ब्राउन जूतों के ऊपर गहरी ब्राउन पैंट, ऊपर लाल रंग की जर्सी पहने हुए एक ऊंचे स्टूल पर खड़ा होकर, कार्निवाल के बाहर मिसेज़ होशंगबाई के बूथ के सामने जब वह आवाज़ लगाकर बिजली के झूले के लिए भीड़ इकट्ठी करता था, तो उसके प्यारे-प्यारे चुटकले और फ़िकरेबाज़ी सुनने के लिए भीड़ लग जाती थी, जिसमें ज़्यादा गिनती लड़कियों ही की होती थी, और उसमें भी ज़्यादातर निचले वर्ग की लड़कियां।...अक्सर इन लड़कियों के साथ आनेवाले उनके प्रेमी, या भाई, या पति लाली को देखकर झुंझलाहट ज़ाहिर करते थे, मगर लड़कियों को इसकी परवाह नहीं थी। और लाली को भी नहीं थी। उसका मज़बूत गठा हुआ बदन देखकर उससे लड़ने का साहस भी किसीको न होता था। और फिर लाली भी सब हालात देखकर हाथ डालता था। कभी हंस देता, कभी घमंड से तनकर मुंह फेर लेता,

कभी स्टूल से नीचे उतरकर ख़ुद लड़कियों के हाथ से रुपये ले-लेकर होशंगबाई के बूथ से टिकट लेकर गाहकों में बांटता जाता। किसी के साथ दिल्लगी की, तो दूसरे की गंभीर मुद्रा से नमस्ते, तो तीसरे को आदाब-अर्ज। किसी जाननेवाली को आंख मारी, तो किसी घबराई हुई लड़की को बड़े प्यार से उसकी पीठ पर हाथ रखकर बड़ी नरमी से गेट के अंदर कार्निवाल में धकेल देता था, एक ऐसी मनोहर मुस्कान के साथ कि लड़की उम्रभर उसके मर्दाना स्पर्श को याद रखेगी। और मिस्टर झब्बूवाला या जसवंत सिंह, या, मुरारी बाबू के किचिन में बरतन धोते-धोते अक्सर उस छोकरी को लाली की जादूभरी मुस्कान याद आएगी। वह बंबई का वासी मालूम नहीं होता था, सितारों से परे किसी दुनिया से आया होगा। अधकच्ची जवानी के मस्ती-भरे प्रेम के सपनों में गिरफ़्तार बहुत-सी नौकरी करनेवाली लड़कियां उसके बारे में इसी तरह सोचती थीं।

शोभा भी इसी तरह सोचती थी, मगर अंतर यह था कि दूसरी लड़कियों की तरह आज तक उसकी हिम्मत न हुई थी कि लाली से आंख से आंख मिलाकर भी बात कर ले। या दूसरी लड़कियों की तरह उसपर कोई चंचल फ़िकरा कस दे ; और फिर उसकी दोग़ली, दोहरे अर्थवाली बात सुनने के लिए तैयार रहे। लाली को अपने पास देखकर शोभा और भी सिमट जाती। उसके चेहरे पर लाज की लहरें दौड़ने लगतीं, आंखें बन्द होने लगतीं, सांस का चलना तक मुश्किल हो जाता और दिल इतने ज़ोर से धड़कने लगता कि उसकी आवाज़ नामुमकिन है लाली तक न पहुंचती हो, वह अपने दिल की तेज़ धड़कन से बहुत परेशान थी। और जिस दिन लाली ने उसकी कमर को ज़रा-सा छूकर उसे टिकट देते हुए कार्निवाल के अंदर रसना के साथ भीड़ में ज़रा-सा धकेलकर भेज दिया था, वह घटना तो शोभा कभी नहीं भूल सकती। उसका जी चाहा, वह फिर कार्निवाल से बाहर निकल आए ताकि लाली फिर उसे ढकेलकर गेट के अंदर भेजे। मगर यह नामुमकिन था।

दुनिया क्या कहेगी ! मिसेज होशंगबाई, यानी वह अधेड़ उम्र की गोरी-चिट्टी पारसन जो कार्निवाल में झूले की मालिक थी, वह ख़ुद क्या कहेगी, क्योंकि शोभा ने देखा था कि होशंगबाई लाली को लोकप्रियता से पूरा-पूरा फ़ायदा अपने बूथ के टिकट बेचने के लिए उठाती है। वह लाली पर कड़ी नज़र भी रखती है, और किसी ख़ास लड़की से मेल-जोल को पसंद नहीं करती है। फिर लाली भी बेहद घमंडी था और कभी-कभी उसका मूड भी बेहद खराब हो जाता था, हालांकि कार्निवाल के किसी 'बार्कर' (ढिढोरची) को अपना मूड खराब करने की इजाज़त नहीं है, इसलिए कि बार्कर का काम कार्निवाल के बाहर खड़े होकर अपने-अपने बूथ के लिए भीड़ जुटाकर उन्हें टिकट ख़रीदने की प्रेरणा देना होता है, लेकिन लाली इतना अच्छा बार्कर था, इतनी जल्दी भीड़ जुटा लेता था, इतने अच्छे चुटकले सुनाता था, इतने टिकट बिकवाता था, लड़कियों में इतना लोकप्रिय था कि उसका घमंड, उसकी नाराज़गी, उसका ज़रा-ज़रा-सी बात पर रूठ जाना भी बर्दाश्त कर लिया जाता था। और यह छूट किसी दूसरे भीड़ जुटानेवाले को प्राप्त न थी। हालांकि कार्निवाल के बाहर एक दर्जन से अधिक 'बार्कर' थे जो अपने-अपने बूथ के लिए दिन-रात चिल्लाते थे, मगर जो लोकप्रियता लाली को प्राप्त थी, वह किसी दूसरे बार्कर को नसीब न थी।

लाली की निगाहों में शोभा की कोई हैसियत नहीं थी। पहले तीन-चार बार तो उसने शोभा का कोई नोटिस नहीं लिया था, मगर फिर शोभा के बार-बार आने से और केवल उसके बूथ से फ़्लाइंग व्हील का टिकट खरीदने से और लाली से बातचीत करने की कोशिश किए बिना (जैसा कि दूसरी लड़कियां अक्सर करती थीं) गेट के अन्दर ख़ामोशी और

उदासी से चले जाने से लाली को शोभा के लिए दिलचस्पी-सी पैदा हो गई थी। मगर सिर्फ़ दिलचस्पी हो, क्योंकि उसकी निगाह में दूसरी लड़कियां थीं, जो थीं तो शोभा के वर्ग की ही लेकिन शोभा से बहुत ज़्यादा सुन्दर थीं। नौकरी करने वाले वर्ग में भी अपने ढंग की सुन्दरता होती है। यूं देखा जाए तो लाली को किसीकी परवाह नहीं थी। इस कदर लड़कियां उसपर टूटकर गिरती थीं, कि अब बजाय इसके कि वह ख़ुद किसी लड़की से प्रेम प्रकट करे, ख़ुद लड़कियों की ओर से प्रेम प्रकट होने की आशा में रहता था, और अब इसका लगभग आदी हो चला था। अब अगर वह किसी की ओर देखकर मुस्कराता भी था, तो इस ढंग से जैसे वह ख़ुद किसीपर मेहरबानी कर रहा हो। और इसी ढंग से उसने आज बड़ा एहसान करके लकड़ी के मोर पर बैठी हुई शोभा की कमर में हाथ डालकर बस एक क्षण के लिए उसकी कमर को अपने हाथ के दबाव से निहाल करके अलग हो गया था और व्हील का चक्कर चालू कर दिया था। उसकी इस हरकत को रसना ने देख लिया था, जो शोभा के बिल्कुल पास एक लकड़ी के चीते की सवारी कर रही थी।

उसकी इस हरकत को मिसेज़ होशंगबाई ने भी देख लिया था, जो इस झूले की मालिक थी। वह इस समय झूले का स्विच दबाने के मौकें पर अपने बार्कर लाली के लिए दो खारे बिस्कुट और एक प्याली चाय को लेकर सामने आ गई थी, और उसे देखते ही शोभा ने शर्म से मुंह फेर लिया था। शोभा ने लाली से आज तक एक शब्द भी नहीं कहा था और यही बात होशंगबाई को खतरनाक मालूम हुई , दूसरी नौकरी करने वाली औरतों और लड़कियों से जो हर समय सस्ती अदाएं दिखाकर लाली को घेरे रहती थीं, उन औरतों से मिसेज़ होशंग को कोई ख़तरा महसूस न हुआ था, लेकिन वह इस दुबली-पतली, शर्मीली, सांवली की ख़ामोशी, घुटन और दबी-दबी नज़रों से डरने लगी थी। यह लड़की

अब रोज़ आने लगी है, यह ग़रीब नौकरी करने वाली लड़की हर रोज़ कार्निवाल का टिकट कैसे खरीद सकती है। मालूम होता है अपनी सारी तनख़्वाह लाली की खातिर उसके बूथ की नज़र कर रही है। एक तरह से तो अच्छी बात है, मगर दूसरी तरह सोचो तो डर लगता है ; कहीं लाली मेरे हाथ से निकल न जाए।

मगर लाली इस समय झूला चलाकर शायद शोभा को भूल चुका है। वह चाय पीता हुआ कुरकुरे खारे बिस्कुट मुंह में डालकर चुर-चुर की आवाज़ अपने मज़बूत जबड़े से निकालता कैसी मोहक निगाहों से मेरी ओर देख रहा है। सचमुच मेरे शक बे-बुनियाद हैं। भारी बदन की गोरी-चिट्टी मिसेज़ होशंग ने सोचा और अपने बार्कर को चाय पिलाकर वापस अपने बूथ पर आ बैठी, और इतमीनान के साथ टिकट बेचने में लग गई।

थोड़ी देर के बाद लाली भी बाहर आ गया, और बूथ के स्टूल पर खड़े होकर दूसरे चक्कर के लिए भीड़ जमा करने लगा। बूथ के अन्दर बैठी हुई होशंगबाई छुप-छुपकर प्यारभरी नज़रों से उसे देखती जाती और टिकट काटती जाती। कभी-कभी जब लाली हाथ उठाकर अपने माथे से बालों की लट पीछे को लौटा देता, तो होशंगबाई का दिल ज़ोर से धक्-धक् करने लगता। उसे लाली की यह अदा बेहद पसन्द थी।

होशंगबाई ने घड़ी देखी अभी कार्निवाल ख़त्म होने में डेढ़ घंटा बाक़ी है, अभी चार चक्कर और होंगे। चार आख़िरी चक्कर। अब सिर्फ़ आख़िरी चार बार टिकट बिकेंगे, इसलिए लोगों की भीड़ बढ़ गई है। हर बूथ के सामने बार्कर चिल्ला-चिल्लाकर अपने ख़ास शो देखने के लिए लोगों को टिकट ख़रीदने का निमन्त्रण दे रहे हैं। "दो सर की औरत देखिए।" "चार हाथ का लड़का।" "ज्योतिष बताने वाली गाय।" "पांच रुपये के टिकट पर पांच सौ रुपये इनाम।" "मेरी गो-राउंड। मेरी

गो-राउंड।" "बोगन पाशा, दुनिया का सबसे बड़ा जादूगर।'' "केदारपुर के नट।" "स्पेन की जिप्सी औरतों के नाच।" "दो रुपये में दस निशाने।" "क़िस्मत आज़माइए, देखते जाइए, कार्निवाल का मज़ा लेते जाइए !"

इस वक़्त कान-पड़ी आवाज़ सुनाई नहीं देती थी। लाली अपने अच्छे-अच्छे चुटकले इस समय के लिए बचा रखता था। स्टूल पर खड़े-ख़ड़े उसका चेहरा लाल हो चला है, आसपास भीड़ में खड़े लड़के-लड़कियां हंस रहे हैं। अब वह नीचे उतरकर टिकट दे रहा है। ऐ लो, इस कमबख्त शोभा ने फिर एक टिकट ख़रीद लिया है। ऐसा तो उसने कभी नहीं किया था। एक बार आकर टिकट लेती थी, झूला झूलकर चली जाती थी।

आज तो ग़ज़ब हो गया।

लाली ने मुस्कराकर उसे टिकट दिया।

होशंगबाई को लगा जैसे एक ख़ास दिलकश मुस्कराहट से लाली ने शोभा को देखकर उसे टिकट दिया है और टिकट देते समय ज़रा-सा शोभा का हाथ इस तरह दबा दिया है कि वह झेंपकर सिमटी-सिकड़ी हुई गेट के अन्दर जा रही है। लाली ने दूसरी लड़कियों को छोड़कर ख़ास तौर पर उसकी कमर को दबाकर उसे गेट के अन्दर फिर धकेल दिया है। मिसेज़ होशंगबाई के दिल में ग़ुस्से की लहरें उठने लगी हैं। मुझे ख़बरदार करना पड़ेगा इस साली कमीनी को। यह यहां झूला झूलने आती है, या मेरे बार्कर से इश्क़ लड़ाने आती है ? अब मामला मेरी बर्दाश्त से बाहर है। एक बार उसकी बेइज़्ज़ती कर दूंगी, तो फिर इधर कभी भूलकर भी नहीं आएगी।

जब शोभा का जी तीसरी बार भी टिकट ख़रीदने को चाहा तो रसना अड़ गई—

"बावली हुई है ? कोई देख लेगा।"

"तो क्या हुआ !" शोभा पागल होके बोली।

"मेरे पास तीसरे टिकट के पैसे नहीं हैं।"

"कितने हैं ?" शोभा ने पूछा।

"एक रुपया चार आने हैं।"

"तो एक रुपया मुझे दे दे। मेरे पास एक रुपया है, दो रुपये से एक टिकट खरीद लूंगी।"

"और फिर वापस कैसे चलेंगे ?"

"पैदल जाएंगे।"

"ऐसी भी क्या ज़रूरत है ?" रसना ने ग़ुस्से से उसे टोका। मगर उसके कुछ कहने से पहले ही शोभा ने उसे टोक दिया।

"बस, चुप। बस, जल्दी से एक रुपया दे दे रसना।"

शोभा की तरसी हुई निगाह देखकर रसना ने चुपचाप पर्स खोलकर एक रुपया शोभा के हवाले कर दिया और बोली, "मैं बाहर पार्क में तुम्हारा इन्तज़ार करूंगी।"

"अच्छा।" कहकर शोभा जल्दी से लाली के स्टूल के चारों ओर इकट्ठी होने वाली भीड़ में छुप गई।

रसना की अपनी सहेली शोभा से बहुत मुहब्बत थी, मगर लाली को वह भी दिल ही दिल में चाहती थी। और उसे लाली पर इस बात का ग़ुस्सा भी था कि वह क्यों शोभा को उससे ज़्यादा पसन्द करता है, जब कि हर तरह से रसना शोभा से ज़्यादा सुन्दर थी। उसका रंग खिलता हुआ गेहुआं था, शोभा सांवली थी, ख़ामोश रहने वाली थी, और रेसना चंचल और हंसमुख स्वभाव की थी। शोभा दुबली-पतली थी और रसना का शरीर जवानी के रस से भरा हुआ था। जाने क्या बात थी शोभा में ? क्यों लाली इन दोनों को देखकर बाद में केवल शोभा की ओर खिंच जाता था। शोभा उसकी अपनी दिलदार सहेली है। मगर है क्या उसमें ? और लाली भी उसपर कहां ज़्यादा

ध्यान देने वाला है। ऐसी-ऐसी खूबसूरत लड़कियां उसपर मरती हैं। बस, ऐसे ही दो-तीन मुस्कराहटें शोभा को देकर अपने से अलग कर देगा। फिर हाय, लाली की तो एक मुस्कान भी बहुत है। वह उसे क्यों न मिली। रसना को अपनी सहेली पर ग़ुस्सा आने लगा।

कार्निवाल से निकलकर वह पास के कार्निवाल पार्क में घूमने लगो।'

2

आम के हरे कच्चे ऊदाहट लिए पत्तों से कैसी खट्टी-खट्टी सुगंध आ रही है ! और अशोक के पेड़ों की क़तार के पीछे कार्निवाल की रंगीन रोशनियों के हंडे चमक रहे हैं। माहिम क्रीक से जाने वाली लोकल की सीटी सुनाई देती है। एक पल की ख़ामोशी में बोगनवेलिया की डाली अपने ही फूलों में उलझकर झुकी हुई मानो समंदर की लहरों से प्रेम का कोई अस्पष्ट रहस्य कह रही है। लहरों के मुख पर झाग जैसी हंसी है। एक संतरी उसे गहरी नज़रों से देखता हुआ निकल गया है। शाम के साये फैलते जा रहे हैं। कार्निवाल पार्क के पीछे मछलीवालों के झोंपड़ों से मछली के तलने को तेज़-करारी महक रसना के गले में चुभने लगी है। कार्निवाल का शोर मद्धम होता जा रहा है, अभी तक शोभा क्यों नहीं आई ? जाके देखूं ?

रसना वापस जाने का फ़ैसला कर ही रही थी कि इतने में उसने देखा कि

शोभा कुछ घबराई हुई, मुड़-मुड़कर पीछे देखती हुई, उसकी ओर भागती चली आ रही है। रसना ने कुछ कड़वाहट से उससे पूछा, "कहां रह गई थीं तुम ?"

शोभा ग़ुस्से से पीछे मुड़कर देखते हुए बोली, "तुम्हें मालूम नहीं, चौथे चक्कर में जब लाली ने मुझे अपनी जेब से टिकट ख़रीद के दिया, तो क्या धमाल मचाया उस औरत ने !"

"मिसेज़ होशंगबाई ने ?"

"हां, और कौन होती ! बोमा-बोम करने लगी, मैं भागकर इधर आई, तो मेरे पीछे-पीछे इधर भी आ रही है। मैंने क्या कहा था साली से, जो मेरे पास आके साली बोमा-बोम करने लगी।"

"बड़ी हलकट है। आओ शोभा, भाग चलें।" रसना शोभा का पल्लू खींचकर बोली, "कम ऑन।" रसना शोभा का पल्लू खींचने लगी, मगर शोभा ने असाधारण ग़ुस्से से अपना पल्लू छुड़ा लिया और चिढ़कर बोली, "वाह रसना, मैंने किया क्या है जो भाग जाऊं, उससे इस तरह डरके !"

"चलो भी, बेकार में कोई लफड़ा हो जाएगा।"

"होने दो," शोभा ज़िद करते हुए बोली, "मैं तो यहीं खड़ी हूं।"

इतने में होशंगबाई हांफती हुई आ गई। गालों पर दो लाल-लाल धब्बे ग़ुस्से से दहक रहे थे। शोभा को देखकर उसने सैंडल उतारा ही था कि रसना को शोभा के पास खड़ा देखकर रुक-सी गई।

सोचा होगा कि दो से मुक़ाबला मुश्किल है। इसलिए हाथ रोककर बोली, "भाग क्यों रही थीं ? मैं तुम्हें खा न जाती, पर इतना ज़रूर बोलती हूं, फिर कभी मेरे शो में न आना, नहीं तो अच्छा नहीं होयेगा। हर जात की छोकरी मेरे शो में आती है, पर गड़बड़ी करने वाली छोकरी दूसरी बार मेरे शो में कभी नहीं आ सकती, आउट।"

मिसेज़ होशंगबाई ने एक हाथ कमर पर रखकर दूसरे हाथ से कार्निवाल

पार्क से बाहर निकलने का सकेत करते हुए कहा, गेट आउट कर दूंगी—समझ गई ?”

शोभा बोली, “क्या मुझसे बात करती हो ?”

“हां तुमसे, तुम्हारी ऐसी नौकर-पेशा छोकरी—तुम जो आके मेरे धंधे को ख़राब करती हो।”

“मैंने क्या किया ?” शोभा चहककर बोली। “टिकट लेकर मैं टाइगर की पीठ पर आ बैठी। मेरे पीछे घोड़े की पीठ पर कोई दूसरी छोकरी बैठी थी। लाली पहले उससे बात करता रहा, फिर मेरे पास आ गया। मैं उसे बुलाने नहीं गई थी।”

“तू गई थी, या वह आया था, एक ही बात है।” मिसेज़ होशंग धमकीभरे स्वर में अपनी उंगली उठाकर नकार के भाव से शोभा के मुंह के पास हिलाते हुए बोली, “मुझे पुलिस में जाने का नहीं है, लाइसेंस गंवाने का नहीं है। देख, मैं तुझको साफ़-साफ़ बोलती हूं, साली, झाडू-कटका करने वाली।”

“साली तुम।”

“तुम मेरे शो में कभी नहीं आना। मेरे बार्कर को फांसने की कोशिश करती है, शर्म नहीं आती ?”

“क्या—कहा तुमने !” शोभा ग़ुस्से से आगबबूला होकर बोली।

मिसेज़ होशंग ने ज़ोर से अपना हाथ अपने माथे पर मारा।

“क्या समझती है, मेरे मस्तक में आंखें नहीं हैं झूला चलता रहता है पर मुझे सब दिखाई देता रहता है। बोल, लाली तेरे संग क्या मज़ाक कर रहा था ? बोल, साली हलकट !”

शोभा की आंखों में आंसू आने लगे। वह क्षीण स्वर में बोली,

“उसने मुझसे कोई मज़ाक नहीं किया। मैं किसी मर्द का मज़ाक पसंद नहीं करती। शोभा से आज तक किसीने ऐसा मज़ाक नहीं किया।”

“चुप, झूठी कहीं की ! मैं ख़ुद देख रही थी। वह हर चक्कर में तेरे संग

लगा-लगा रहा।"

"वह लकड़ी के टाइगर से लगा था, जिसपर मैं बैठी थी। यह उसकी पुरानी आदत है, यह तुम भी जानती हो," शोभा बोली। "मैं क्या कर सकती हूं ? अगर वह तुम्हारा बार्कर टाइगर से लगा-लगा झूलता रहा तो मैं क्या करती ? उसने मुझे हाथ तक नहीं लगाया।"

"नहीं लगाया ?" मिसेज़ होशंग चीखकर बोली, "कल को यह भी कहोगी कि उसने तुम्हारी कमर में हाथ नहीं डाला !"

अब रसना को भी क्रोध आ गया, और वह शोभा के जवाब देने से पहले आगे बढ़कर बोली, "अच्छा डाला, तो फिर तुम्हें क्या ?"

मिसेज़ होशंग बोली, "तुम चुप रहो, मैं तुमसे बात नहीं करती हूं। तुम बीच में मत बोलो।"

"क्यों न बोलूं। यह मेरी सहेली है," रसना क्रोध से बोली, "तू अकेली समझकर इसके सर पर चढ़ी आ रही है ले अब मैं तुमसे बोलती हूं, लाली ने इसकी कमर में हाथ डाला था। वह चक्कर धूमाते वक़्त हर लड़की की कमर में हाथ डालता है, और बहुत-सी लड़कियां जान देती हैं लाली पर। क्या तुम नहीं जानती हो, वह कितना पापुलर है छोकरियों में !"

मिसेज़ होशंगबाई दांत पीसकर बोली, "वह आज से किसी की कमर में हाथ नहीं डालेगा। यह मैं उसको बता दूंगी, ऐसा धंधा मेरे शो में नहीं चलेगा, नहीं चलेगा। तुमको ऐसा नखरा करने का है, तो बाज़ के सर्कस में जाओ। उधर बान्द्रे का बहुत बुरा लोग तुमको मिलेगा।"

"तुम अपना बैरा अपने पास रखो," शोभा बोली।

"हां, हम कोई ऐसा-वैसा छोकरी नहीं है," रसना ने भी डांटकर कहा।

दोनों को लडने-मरने के लिए तैयार देखकर मिसेज होशंगबाई ने

ज़रा-सा लहज़ा बदला, पूरा नहीं बदला, क्योंकि वह अभी हार मानने के लिए तैयार नहीं थी। मगर ज़रा-सा लहज़ा बदलकर बेहद व्यंग्य भरे स्वर में उसने कहा, "मतलब यह है, मिस साहब, कि आज के बाद मेरे शो में घूमने का नहीं है। तुम्हारे ऐसी छोकरी लोक के लिए मेरा लायसेंस ज़ब्ती हो जाएगा तो खर्चा तुम भरेगा। इसलिए तुमको सीधी तरह बोल दिया है। खलास, आउट !"

शोभा ने भी अब दोनों हाथ कमर पर रख लिए, बोली, "तुम्हारे आउट करने से कुछ नहीं होता, मेम साहब ! जब हमारी मर्ज़ी होगी और हमारा दिल चाहेगा हम पैसा ख़र्च करेंगे, दो रुपये का टिकट लेंगे और झूलेंगे, किसकी हिम्मत है जो हमें रोके।"

"ज़रा आके देखो माई डियर—बस ज़रा आके देखो," मिसेज़ होशंग ने एक क़दम शोभा की ओर बढ़ाया।

"हां, हां, हम भी आके देखेंगा। क्या होयेंगा ?" रसना ने पूछा।

"फिर वह होयेंगा, जो आज तक इस कार्निवाल में कभी नहीं हुआ।"

शोभा बोली, "तो क्या तुम मुझे शो में से बाहर निकाल दोगी ?"

"ज़रूर।"

"पर मेम साहब," रसना बोली, "हम दोनों तुमसे जवान हैं, तगड़ी हैं।"

मिसेज़ होशंगबाई व्यंग्य से हंसकर बोली, "मैं तुमको हाथ लगा के अपने हाथ गंदे करूंगी ? शी।...मैं तो लाली से कहकर तुम्हें शो से बाहर निकलवा दूंगी।"

"और लाली तुम्हारे कहने पर हमें शो से बाहर निकाल देगा ?" शोभा ने पूछा।

"इतनी जल्दी कि तुम आंखें मलती रह जाओगी।"

शोभा ने कहा, "वह मुझे बाहर निकाल......" यकायक वह किसीको

आते देखकर चुप हो गई। उसे चुप होते देखकर रसना और होशंगबाई दोनों की नज़रें उधर गईं, जिधर शोभा देख रही थी। यह लाली था जो तीन-चार लड़कियों के साथ हंसी-ठिठोली करता हुआ पार्क की ओर चला आ रहा था। और वे लड़कियां भी बराबर उससे मज़ाक करती हुई, ठी-ठी हंसती हुई, उसके साथ चलती हुई, भागती हुई, उसे घेरती हुई, चली आ रही थीं, यकायक लाली तुनककर बोला,

"बस हो गया, भागो, नहीं तो एक दूंगा।"

एक बोली, "अंह...मेरा रेशमी रूमाल तो वापस दो।"

"नहीं दूंगा, भागो।"

इतने में दूसरी लड़की चिल्ला पड़ी, "अच्छा उसका रूमाल मत दो, मेरा स्कार्फ़-तो वापस कर दो।"

"स्कार्फ़ वापस कर दू ? क्यों कर दूं। वाह, अच्छी बात है !".

"स्कार्फ़ दे दो, अच्छे लाली।" उस लड़की ने ख़ुशामद की। इतने में उस लड़की ने होशंगबाई को देख लिया। वह पलटकर उसे कहने लगी, "मिसेज़ होशंग, अपने बार्कर से कहो मेरा स्कार्फ..."

दूसरी लड़की बीच में जल्दी से बोल उठी, "और मेरा रेशमी रूमाल।" इतने में लाली ने ख़तरनाक अंदाज़ से हाथ उठाकर लड़कियों की तरफ़ धमकीभरी दृष्टि से देखकर कहा, "जाती हो कि दूं एक हाथ।"

लाली के हाथ उठाते ही सब लड़कियां चीखती-चिल्लाती, तितर-बितर हो गईं, क्योंकि सबको मालूम था कि मौक़ा मिलने पर लाली एक हाथ जड़ भी देता है। मगर इस समय भागती हुई लड़कियों के दिल में यही हसरत रह गई शायद कि उसने किसीके एक क्यों नहीं दिया।

मिसेज़ होशंग के माथे पर बल पड़ गए, उसमे कुछ ग़ुस्से, कुछ प्यार से लाली को देखकर कहा, "यह क्या धमाल ...?"

मगर लाली ने उसे वाक्य पूरा नहीं करने दिया। झपटकर बोला, "तुम्हें क्या है? अपने काम से काम रखो।" फिर शोभा की ओर देखकर बोला, "फिर वही झगड़ा शुरू कर दिया तुमने यहां भी ?"

शोभा ऊंची आवाज़ में बोली, "मगर लाली, मैंने कुछ "

जल्दी से लाली उसे डांटकर बोला, "चिल्लाती क्यों है ?"

शोभा की आवाज़ कमज़ोर पड़ गई। डर से उसकी टांगें कांपने लगीं। आंखों में आंसू उमड़ने लगे। धीरे से बोली, "मगर मैं तो कुछ नहीं कह रही हूं।"

लाली को उसकी आवाज़ रेशम की तरह मुलायम लगी। उसका लहज़ा भी धीमा पड़ गया। उसने भी नर्म पड़ते हुए कहा, "ठीक है। कुछ मत कहो।"

अब उसे इस पूरे किस्से से झुंझलाहट-सी होने लगी थी। मिसेज़ होशंग की तरफ़ रुख किया, "यह क्या लफ़ड़ा है ?''

मिसेज़ होशंग ने लाली के हाथ पर अपना हाथ रखकर, मानो उपपर अपना अधिकार जताकर बड़ी अदा से इठलाते हुए कहा, "आं...लाली, बात बस इतनी है, कि यह छोकरी जब आती है, मेरे शो में, मेरी इंसल्ट करती है। आं...हमने इसको बोल दिया है, और अब तुम भी अच्छी तरह से इस छोकरी को पहचान लो, इसको कभी मेरे शो में अन्दर नहीं आने देना।'

लाली ने मिसेज़ होशंग के गोरे-चिट्टे, भरे हुए हाथ को अपने हाथ से थपथपाया और शोभा की ओर देखते हुए बोला, "सुन लिया तुमने ? अब भागो यहां से।" फिर चुटकी बजाते हुए बोला, "भागो, यहां से।"

रसना ने शोभा से कहा, "अब सुन लिया तुमने, कम ऑन। लेट अस नॉट वेस्ट टाइम।"

मिसेज़ होशंग अपनी विजय पर मुस्कराई। रसना शोभा को घसीट्कर

परे ले जाने लगी मगर शोभा अड़कर खड़ी हो गई, और रसना से बोली, "नहीं...मैं नहीं।"

उसने अभी रसना से अपनी बात पूरी भी नहीं की थी कि मिसेज होशंग ने शोभा को जलाने के लिए लाली से दोबारा कहा, "हां, लाली, अगर यह दोबारा आए तो अन्दर मत आने देना। और अगर यह किसी तरह टिकट लेकर अन्दर घुसने की कोशिश भी करे तो इसको बाहर हकाल देना। समझे ?"

"हां।" लाली ने अचानक शोभा को बड़ी-बड़ी फैलती हुई पुतलियों को आंसुओं में डबडबाते देखकर पूछा, "पर इसने किया क्या है ?"

क़ायदे से शोभा ऐसी लजाने-शर्माने वाली लड़की को इस समय यहां से चला जाना चाहिए था। मगर जाने उसके दिल में क्या बात आ गई थी, जो वह इस समय अड़कर खड़ी हो गई। उसने बड़ी गहरी निगाहों से लाली की ओर देखकर कहा, "लाली साहब, मुझे ठीक-ठीक बता दो। अगर मैं आपके शो में आऊं तो क्या मुझे निकाल दोगे ?"

मिसेज़ होशंग बोली, "हां, फ़ौरन निकाल देगा।"

रसना ने मिसेज़ होशंग से कहा, "उसने तुमसे नहीं पूछा है।"

लाली को चुप देखकर शोभा ने फिर लाली को देखते हुए अपना वाक्य दोहराया, "ठीक-ठीक मेरे मुंह पर बोल दो। क्या मुझे निकाल दोगे ?" इतना कहते-कहते वह लाली के बिल्कुल पास आ गई।

लाली इस तरह के आमने-सामने से बहुत घबराया। वह एक पांव से अपना दूसरा पांव खुजाने लगा। वह हंसमुख, सहृदय और सतह पर मज़ाक करने वाला आदमी था। आज तक कभी इन गहरे पानियों में नहीं उतरा था। मगर इस सांवली की बातों में कितनी गहराई है। इस मामूली-से सवाल के साथ उसने भावनाओं की ऐसी धारा जोड़ दी जो

उसके दिल को गुज़र रही थी। मगर उसने सर हिला के इन भावनाओं को परे ढकेल दिया था, और नर्म आवाज़ में कहने लगा, "हां, मुनिया... अगर तुमने कोई बेकायदे बात की तो ज़रूर बाहर निकाल दूंगा—वर्ना क्यों निकालूंगा।"

इसपर रसना को मौका मिल गया, क्योंकि लाली ने शोभा को थोड़ा-सा सहारा दिया था। वह फ़ौरन होशंगबाई से बोली, "सुन लिया !"

शोभा लाली का जवाब सुनकर मुस्करा रही थी। और अब उसने अपनी आंखें नचाकर मुंह फेर लिया था। मिसेज़ होशंगबाई को इस बात पर बेहद ग़ुस्सा आ गया। वह बिफरकर लाली से बोली, "और मैं कहती हूं, यह रंडी अगर दोबारा मेरे शो में घुसी तो तुमको इसे बाहर निकालना पड़ेगा। इसका लफड़ा मेरे शो में नहीं चलेगा।"

लाली तुनककर बोला, "लफड़े से क्या मतलब है तुम्हारा ?"

"मैंने सब देख लिया है," मिसेज़ होशंग की आवाज़ थरने लगी, "अपनी आंखों से सब देख लिया है।"

शोभा बोली, "यह बोलती है, मैंने तुमसे मज़ाक किया, और तुमने मेरी कमर में हाथ डाला।"

"मैंने ?"

"हां-हां, तुमने।" मिसेज़ होशंग गरजकर बोली। "इतने भोले मत बनो। मैंने अपनी आंखों से देखा है।"

लाली ने मिसेज़ होशंग का हाथ अपने हाथों से अगल कर दिया और सीधा खड़ा होकर बोला, "वाह, यह नवी बात सुनाई तुमने। मैं छोकरी लोग से मज़ाक नहीं करूंगा, और करूंगा तो तुमसे इजाज़त लूंगा, हंह...... ।"

मामला बिगड़ते देखकर मिसेज़ होशंग लहज़ा बदलकर बोली, "मैंने यह कब कहा है ? तुम छोकरी लोग से बेशक मज़ाक करो—दस से हंसी

करो, बीस से छेड़खानी करो, पचास से मसकरी करो, पर इससे नहीं।" शोभा की ओर संकेत करके उसने दोहराया, "इस छिनाल से कभी नहीं, और सबसे पर इससे नहीं—कभी नहीं।"

मिसेज़ होशंगबाई ने ऐसी सख़्ती से हुक्म दिया कि लाली को उसपर ताव आ गया। हालांकि वह मिसेज़ होशंगबाई का नौकर था, मगर ऐसी सख़्ती से उसने डांटकर यह हुक्म दिया था, कि लाली को ग़ुस्सा आ गया, उसने अपने ग़ुस्से को दबाते हुए कहा, "अब आप चुप हो जाओ, मेम साहब।" लहज़ा नर्म था, मगर नर्म लहज़े में जो कड़वाहट भरी थी, उसे मिसेज़ होशंग ने महसूस कर लिया और गरजकर बोली, "क्या ?"

"शट-अप ?" लाली बोला, "वापिस जाओ अपने बूथ पर।"

मिसेज़ होशंग को अपने कानों पर विश्वास न आया। वह फटी-फटी निगाहों से उसे देखती हुई बोली, "क्या कहा ?"

"आख़िर इस बेचारी ने तुम्हारा क्या बिगाड़ा है ?" वह शोभा की तरफ़ रहम की निगाह से देखकर बोला, "देखती नहीं हो कैसी नन्ही-सी कबूतरी की तरह सहमी तुम्हारे सामने खड़ी है।" लाली ने आगे बढ़कर शोभा के कंधे को थपथपाते हुए कहा। "आओ जी तुम, जब तुम्हारा जी चाहे आ जाओ हमारे शो में। टाइगर पर बैठो, ज़िर्राफ पर बैठो, हिरन पर बैठो, मछली पर, झूले के जिस जानवर पर जी चाहे बैठो। टिकट के दाम न हों, तो भी कोई चिन्ता नहीं है। लाली तुम्हारी टिकट के पैसे देगा अपनी जेब से। और अगर किसी ने तुम्हारी तरफ़ नज़र उठाकर भी देखा..."

शोभा का चेहरा फूल की तरह खिलता जा रहा था, मिसेज़ होशंगबाई का चेहरा पतझड़ के पत्ते की तरह मुरझाता जा रहा था। आख़िर उससे नहीं रहा गया। वह चिल्लाकर लाली को गाली देने लगी, "साला, बदमाश !"

"साली बुड्ढी !"

"थैंक यू, लाली साहब।" रसना ने उसी समय कहा। मिसेज़ होशंग इस वाक्य से झुलसकर रह गई, और एकदम ग़ुस्से से फुंकारकर बोली, "क्या समझते हो ? क्या......" उसे कहने के शब्द नहीं मिल रहे थे। "तुम समझते हो कि...कि......तुमसे अच्छा बार्कर, तुमसे अच्छा भीड़ जुटाने वाला इधर कोई नहीं है ? इधर...इधर कार्निवाल के बाहर," वह अपने दोनों हाथ मोटी-भारी कमर पर रखकर बोली। "बाहर एक से एक फ़र्स्ट किलास बार्कर खड़ा है, मैं किसीको भी ले सकती हूं। जब चाहूं तुम्हें निकाल सकती हूं। बस समझ लो, आज से तुम्हारा नौकरी खलास हो गया।"

भावनाओं के तेज़ बहाव में बहते हुए मिसेज़ होशंग बोलती चली गई। शोभा को लाली के पास खड़ा देखकर और उसके कंधे का सहारा लेते हुए देखकर उसके तन-बदन में आग लग गई थी। वह यहां तक बोलती चली गई कि उसने लाली को नौकरी से अलग भी कर दिया। अब सोचने लगी तो विचार-धारा दूसरी ओर बह चली। लाली के दम से उसका शो चलता है। लाली-सा अच्छा बार्कर उसे कहां मिलेगा। ठीक है वह छोकरियों से हसी-दिल्लगी करता है, मगर छोकरियां टिकट भी तो खरीदती हैं, टूटकर गिरती हैं उसके बूथ पर।......वह किसी दूसरे शो में भी जा सकती हैं। मगर लाली की वजह से बार-बार उसीके बूथ पर आती हैं। पैसे खरे होते हैं। उसका बूथ इस कार्निवाल में सबसे ज़्यादा कमाई करता है। लाली ने मिसेज़ होशंगवाई की बात का बिल्कुल बुरा नहीं माना, जाने क्यों ? बेहद ठंडे-गम्भीर लहज़े में बोला, "ठीक है, हमारा नौकरी हो, गया खलास, फिर ?"

मिसेज़ होशंगबाई ने नरम पड़ते हुए कहा, "क्या समझते हो, जब चाहूं तुम्हें जवाब दे सकती हूं, "मगर लहज़े में अब वह गर्मी नही थी।

लाली बोला, "अच्छा, ठीक है, हमको मिल गया जवाब। बस ख़तम करो।" इतना कहकर उसने शोभा की कमर को अपने हाथ से छू लिया। मिसेज़ होशंगबाई फिर भड़ककर बोली, "साले, बहुत मगज़ खराब हो रहा है तेरा आजकल, कमीने, आवारा !"

लाली हंसकर बोला, "जब जवाब दे दिया तो फिर गाली क्यों दे रही हो ?"

मिसेज़ होशंग के लिए अब थूककर चाटना बहुत मुश्किल था, फिर भी कोशिश करते हुए बोली, "यह कोई बात है, भला यह कोई बात है, जो बात मेरे मुंह से निकले तुम उसको फौरन पकड़ लेते हो। यह किधर का इंसाफ है ?"

मिसेज़ होशंग को कमज़ोर पड़ते देख लाली ऊंचा उडने लगा। दृढ़ स्वर में बोला, "बस, बस, ठीक है। मैं कमीना हूं, आवारा हूं, मेरी नौकरी खलास हो गई। मुझे जवाब मिल गया। ख़तम।" मिसेज़ होशंग रुआंसी होकर बोली, "तू मेरा बिज़नेस बरबाद करके रहेगा क्या ? बेशरम !"

"बेशरम हूं, आवारा हूं, और कुछ ?" मिसेज़ होशंगबाई के आंसू उसके मोटे गालों पर उतर आए, उसके मेकअप को बरबाद करते हुए नीचे बहने लगे। वह रोती हुई बोली, "वह ऊपर वाला तुमसे समझेगा," उसने ऊपर आसमान पर रहने वाले ख़ुदा की ओर संकेत करते हुए कहा। "बस वही ऊपर वाला तुमसे समझेगा।" फिर शोभा की ओर देखकर दांत पीसकर बोली, प्रौर बोलते-बोलते उसका सारा चेहरा बिगड़ गया, "तुमसे ...... और इस कमीनी कुतिया से।"

लाली ने डांटकर जल्दी से कहा, "इसकी बात मत करो, मुझे जो जी चाहे कह लो, मगर इसकी बात मत करो।" लाली ने अपने चौड़े कंधे और फैला लिए। शोभा और सिमटकर उसके कंधे के नीचे आ गई। मिसेज़ होशंगबाई अपने आपे से बाहर हो गई और तेज़-तीखे लहज़े में बोली,

"समझता क्या है ? कार्निवाल में तुमसे अच्छा बार्कर और नहीं है ? मैं तेरी जगह रहमान को लूंगी।"

"रहमान को लो या विक्टर को, या किसी और को। अपुन की तो हो गई छुट्टी," लाली चुटकी बजाकर बोला। "और अब मेम साहब," वह दोबारा चुटकी बजाकर बोला, "अब तुम भी करो छुट्टी, यहां से। चलो भागो।"

लाली को ग़ुस्सा आने लगा। मामले को यहां तक बिगड़ता देखकर अब शोभा भी डर गई। कुछ क्षण वह लाली के चौड़े कंधों से सर लगाये मदहोश-सी हो गई थी। अब उसे दुनिया का ख़्याल आने लगा—लाली की नौकरी का ज़रा-सा अलग होकर उससे नर्मी से कहने लगी, ''पर लाली साहब...अगर यह...यह आपको वापस लेने के लिए तैयार है...तो...तो।"

"तुम चुप रहो जी।" लाली ने उसे डांट दिया।

मगर शोभा फिर कहने लगी। "पर मैं नहीं चाहती मेरे लिए कोई झगड़ा।"

इसपर लाली होशंगबाई की ओर एक क़दम बढ़कर बोला, "मिसेज़ होशंग, इस लड़की से माफ़ी मांगो।"

"कौन, मैं ?—माफ़ी—इस छोकरी से...?" मिसेज़ होशंग ने तीव्र स्वर में पूछा।

"हां, इस नन्ही कबूतरी से," लाली ने ज़ोर से कहा, "बोलो, माफ़ी मांगती हो, तो मैं वापस आता हूं।"

मिसेज़ होशंग थरथर कांप रही थी, लाली की बात सुनकर वह कुछ पल तक चुप रही। उसने बहुत कोशिश की, बहुत कोशिश की कि अपने क्रोध को दबा ले और बिज़निस के ढंग से बात कर ले पर वह अपनी कोशिश में सफल न हो सकी। एकदम फट पड़ी, "कौन, मैं...

लाली, अगर तुम यह सारा पार्क, यह सारा कार्निवाल मुझे चांदी की थाली में सजाकर दो—अगर तुम हिंदुस्तान का सारा सोना इकट्ठा करके मेरी झोली में डाल दो तो भी मैं इस छोकरी से माफ़ी नहीं मागूंगी। मैं तो यह कहती हूं, लास्ट वार्निंग—सुन ले छोकरी, अगर तू कल मेरे शो में आएगी, तो मैं इस सैंडिल से तेरी ऐसी मरम्मत करूंगी कि दिन में तारे नज़र आ जाएंगे।''

मिसेज़ होशंगबाई ने बात करते-करते अपनी सैंडिल निकालकर अपने हाथ में ले ली, फिर उसे ज़मीन पर गिराकर फिर पांव में पहनने लगी, क्योंकि अब सब ख़त्म हो गया था। लाली का चेहरा लाल हो चला था। उसने अपनी सुनहरी लैंसवाली छज्जेदार बार्कर वाली टोपी उठाकर अपनी पुरानी मालिकन की ओर देखकर कहा, "तो सलाम मेम साहब, राम-राम मेम साहिब, गुडनाइट, आपका रास्ता यह रहा। आप अपने रास्ते पर चली जाइए—मगर ज़रा जल्दी। मेरा मतलब है कि ज़रा जल्दी। अगर आज आपने देर कर दी तो....हालांकि मुझे औरतों पर हाथ उठाने की आदत नहीं है, बस एक बार भीकाबाई ने अड़ीबाज़ी की थी तो उसको ऐसा फैंटा दिया था कि बाईस दिन हस्पताल में रही थी। अगर तुम चाहती हो कि तुम्हारा हाल वैसा न हो तो ज़रा जल्दी, ज़रा जल्दी।"

मिसेज़ होशंगबाई ने सैंडिल पहन लिया, जाते-जाते जल्दी से बोली, "वेरी वेल, आज से तुम्हारा जाब खलास। आज के बाद कभी मेरे पास नौकरी मांगने न आना, फ़िनिश।"

'फ़िनिश' कहकर मिसेज़ होशंगबाई ग़ुस्से से कांपती हुई वहां से चली गई। उसके जाने के बाद कुछ क्षण अज़ीब-सा सन्नाटा रहा, यकायक शोभा को लगा जैसे चारों तरफ़ रात का अंधेरा बढ़ने लगा है। वह घबराकर बोली, "लाली साहब।"

"लाली साहब !" रसना ने भी हैरत से कहा। यह आपने क्या

किया ?"

लाली ने ग़ुस्से से रसना का झिड़क दिया, "मुझपर तरस खाने की ज़रूरत नहीं है, वर्ना एक दूंगा।" लाली ने हाथ उठा लिया। रसना सहम गई। लाली ने फिर ग़ुस्से से शोभा की तरफ़ देखा, और बोला, "क्या तुझे भो मुझपर दया आ रही है ?

"नहीं, लाली साहब।"

"झूठ बोलती है। तुम्हारे चेहरे पर दया लिखी है। तुम सोच रही हो, आज लाली को मिसेज़ होशंग ने जवाब दे दिया तो यह बेचारा अब कहां जाएगा ? क्या करेगा ? भीख मांगेगा ? ऐं ?"—लाली हसने लगा, फिर एकदम चुप होकर बोला, "लाली ऐसा कमज़ोर नहीं है।" फिर शोभा की ठोड़ी अपनी ओर घुमाकर बोला, "मेरी तरफ़ देखो। क्या मै मिसेज़ होशग के बिना नहीं जी सकता ? यह ऐसी कौन-सी नौकरी है। मैं इससे भी बड़ी-बड़ी नौकरियों से निकाला गया हूं, जनाब।"

"मगर अब तुम क्या करोगे?" शोभा ने डरते-डरते पूछा।

"अब...अब...?" लाली कहने लगा, "सबसे पहले तो अब मैं कहीं जाके ठर्रा पीऊंगा।"

"इसका मतलब है," शोभा बोली, "तुम सचमुच परेशान हो।"

"परेशान इसलिए नहीं हूं, कि नौकरी से निकाला गया हूं, बल्कि इसलिए परेशान हूं कि ठर्रा कहां से मिलेगा।"

रसना को याद आया, बोली, "वह तो" फिर कुछ सोचकर चुप हो गई।

"वह तो, क्या ?" लाली ने पूछा।

रसना ने चोर निगाहों से उसे देखकर कहा। "लाली साहब, क्या हमारे साथ चलोगे ?" वह 'हमारे' की जगह 'मेरे' कहना चाहती थी मगर शोभा का मुंह देखकर चुप रह गई।

लाली ने उससे पूछा, "क्या तुम ठर्रे की बाटली के पैसे दोगी ?"

इस सवाल पर रसना कुछ सकुचाई। लाली ने घूमकर शोभा की तरफ़ देखा। उसने भी आंखें झुका लीं। आख़िर लाली ने शोभा से पूछ लिया, "क्या तुम दोगी?" जब उसपर भी शोभा चुप रही, तो लाली ने उससे पूछा, "तुम्हारे पर्स में कितने पैसे हैं ?"

शोभा हिचकिचाकर बोली, "आठ आने।"

लाली ने रसना की ओर मुड़कर पूछा, "तुम्हारे पास क्या है ?"

रसना ने आंखें झुका लीं। मुंह से कुछ न बोली। तो लाली ने डांटकर पूछा "मैं पूछता हूं, तुम्हारे पास कितने पैसे हैं ?''

रसना सिस्कने लगी। लाली समझ गया, एकदम उसका ग़ुस्सा ख़त्म हो गया। नर्म होकर बोला, "रोने की ज़रूरत नहीं है। तुम दोनों यहीं रुको, मैं कार्निवाल से अपने कपड़े और दूसरी चीज़ें लेकर आता हूं। मैं वापस आऊंगा तो कुछ रुपये भी लेकर आऊंगा। मुझे तुम्हारे पैसों की ज़रूरत नहीं है।" इतना कहकर वह चला गया।

3

उसके जाने के बाद कुछ क्षण तक दोनों सहेलियों में ख़ामोशी रही। रसना ने सोचा, उसने दोनों को रुकने के लिए बोला है, केवल शोभा ही को नहीं कहा है, दोनों क, रुकने के लिए बोला है। काश, आज उसने सारे पैसे ख़र्च न कर दिए होते। शोभा को न दे दिए होते तो इस समय वह लाली को

लेकर जा सकती थी। क्या अच्छा चान्स हाथ से निकल गया। पर शोभा का उदास और उतरा हुआ चेहरा देखकर उसका दिल पिघलने लगा। मैं ऐसी बातें अपनी सहेली के लिए कैसे सोच सकती हूं ?

उसने बड़ी हमदर्दी से शोभा की तरफ़ देखकर पूछा, "तुम्हें उस की नौकरी जाने का दुःख है न ?"

"क्या तुम्हें नहीं है ?" शोभा ने पूछा।

"थोड़ा-सा।" फिर शोभा के पास आकर बोली, "पर तुम उसकी तरफ़ ऐसे क्यों देख रही थीं ?"

"कुछ नहीं।" शोभा ने एक आह भरी और चुप हो गई। फिर धीरे से बोली, "हमारे लिए उसने नौकरी छोड़ दी।"

"हमारे लिए नहीं, तुम्हारे लिए।" रसना ने बिल्कुल स्पष्ट कह दिया। अब उसे ख़ुद अपने वाक्य पर हैरत हुई।

शोभा उसकी बात सुनकर चौंकी। "मेरे लिए ? मेरे लिए क्यों, रसना ?"

"शायद वह तुमसे 'लव' करता है।"

"मुझसे ? बिल्कुल नहीं," शोभा ने आह भरकर कहा। "वह किसीसे 'लव' नहीं करता है, और मुझसे तो बिल्कुल नहीं करता है।"

"बिल्कुल करता है, और साफ़ करता है।" रसना ने बेझिझक लहज़े में, कहा, और अब जब कि बात साफ़ हो चुकी थी ख़ुद उसके मन में तो अब बताने में क्या हर्ज़ है, रसना ने सोचा। और फिर शोभा के कंधे पर हाथ रखकर रसना बोली, "कोई मुझसे भी लव करता है, और आज से पहले मैंने तुमको नहीं बताया, क्योंकि तुम्हारा कोई ब्वाय-फ्रेंड नहीं था। अब है तो बता सकती हूं कि मेरा भी कोई है।" फिर बड़े नाटकीय अन्दाज़ में, "माई स्वीट हार्ट !"

"कौन है वह ?" शोभा को ज़रा भी दिलचस्पी पैदा न हुई, मगर उसने

अपनी सहेली का दिल रखने के लिए पूछ लिया। "कौन है वह ?"

"एक फ़ौजी जवान।"

"फ़ौजी ? किस तरह का ?"

"अब यह मैं क्या जानूं...किस तरह का ?" रसना गड़बड़ा गई, क्योंकि उसे बम्बई आए अभी कुछ ही महीने हुए थे। "बस एक फ़ौजी है—क्या फ़ौजी बहुत तरह के होते हैं ?"

"हां," शोभा बोली, "सिपाही होते हैं, सूबेदार होते हैं, लिफ़टैन होते हैं, कप्तान होते हैं, तरह-तरह के फौज़ी होते हैं।"

रसना बोली, "तो यह, कैसे मालूम होगा कि कौन कौन है।"

"उनकी वर्दी से," शोभा ने कहा।

"वर्दी से ?" रसना ने चौंककर पूछा। और फिर सोच में पड़ गई। उसका सर झुक गया, थोड़ी देर के सोच-विचार के बाद पूछने लगी, "तो क्या ट्राम चलाने वाले जो वर्दी पहनते हैं, वह भी फौजी होते हैं ?"

"नहीं" शोभा बोली। "वे तो ट्राम वाले होते हैं।"

"तो बस में टिकट देने वाले वर्दी पहने हुए कौन होते हैं ? फ़ौजी ?"

"नहीं, पगली।" शोभा हंसकर बोली "वह तो बस कंडक्टर होते हैं।"

"पर उनके भी तो वर्दी होती है ?"

"हां, होती है, पर बन्दूक तो नहीं होती, पिस्तौल तो नहीं होता।"

"तो क्या पिस्तौल रखने वाले पुलिस के सन्तरी फ़ौजी होते हैं ?"

"नहीं, वे तो पुलिस वाले होते हैं।"

"मगर वर्दी तो वे भी पहनते हैं ?" रसना ने ज़िद करके पूछा।

इसपर शोभा बोली, "अरी तुम तो नई-नई बंबई आई हो, मंगलौर के एक गांव से। ख़ाली स्कर्ट पहनने से कोई समझदार नहीं हो जाता।"

"पर तुमने तो अभी बोला कि वर्दी..."

शोभा तुनककर बोली, "वर्दी तो डाकिया भी पहनता है। वर्दी से क्या होता है ?"

रसना ने बहस को जारी रखते हुए कहा, "फिर अगर एक डाकिया वर्दी पहनकर हाथ में पिस्तौल ले ले तो क्या वह फ़ौजी हो जाएगा ?"

"हाथ में कुछ भी ले ले लेकिन रहेगा डाकिया ही।" शोभा निर्णय के स्वर में बोली।

रसना जल्दी से बोली, "तो फ़ौजी अगर वर्दी से पहचाना नहीं जाता, पिस्तौल से पहचाना नहीं जाता, तो किस बात से पहचाना जाता है ?"

शोभा बोली, "वह पहचाना जा सकता है..."फिर रुक गई और सोचने लगी। सचमुच किस बात से पहचाना जाएगा वह फ़ौजी ? उसे तो ख़ुद मालूम नहीं—वह ख़ुद फ़ौजी की सही पहचान नहीं बता सकती। वह बेहद गड़बड़ा गई, मगर अपनी कमज़ोरी को रसना के सामने न खुलने देना चाहती थी। इसलिए उसने पैंतरा बदला और रसना से किंचित् विनम्रता से बोली, "ओह...जाने दो इन बातों को। जब तुम इस शहर में काफ़ी दिन रह लोगी तो अपने आप जान जाओगी। जिस तरह अब मैं इस शहर में रहते-रहते सब जान गई हूं।"

मगर रसना भी ज़िद पर आ गई थी, इसीलिए वह उराबर आग्रह करते हुए बोली, क्योंकि वह शोभा को नीचा दिखाना चाहती थी, "फिर कैसे पता चले कौन फौजी है ?"

"एक बात से," शोभा ने कहा।

"किस बात से ?" रसना ने पूछा।

शोभा ने बड़े रहस्यमय स्वर में दोहरा दिया, "किसी एक बात से," जैसे यह इतनी खास बात है कि वह उसे बताने के लिए तैयार नहीं है। जैसे यह ऐसा रहस्य है, जो रसना को भी मालूम नहीं है। रसना को इसमें अपने अपमान का आभास होने लगा। यह जानती है और मुझे बताती नहीं है, क्यों यह मुझे अपने आप से नीचा समझती है ? जितनी पगार इसे मिलती है, उतनी मुझे मिलती है। यह अगर मुझसे कई साल पहले बंबई आई है तो इससे क्या हुआ ! मेरा रंगरूप तो इससे अच्छा है, उम्र में बेशक मुझसे बड़ी है मगर मेरी जवानी...?

रसना रुककर बोली, और बोलते-बोलते उसकी आवाज़ रुआंसी हो गई, "ठीक है, कर लो मुझसे मज़ाक, मुझे बाहर गांव की छोकरी समझकर। तो मैं क्या करूं; मुझे कैसे मालूम हो कि वह फौजी है, कि झूठ बोल रही हो तुम, कि मुझे मंगलौरी ईसाइन समझकर मेरा मज़ाक उड़ा रही हो। ठीक है, मत बताओ।"

शोभा को दया आ गई, उसने रोती हुई रसना को अपने गले से लगा लिया, उसके आंसू पोंछे और बोली, "अरी पगली, सुन, बस एक बात से फौजी पहचाना जा सकता है, सैल्यूट से—वह सैल्यूट मारता है इस तरह !" शोभा ने सैल्यूट मारकर दिखाया। इसपर रसना एकदम खुश हो गई, खिलखिलाकर हंस पड़ी, बोली, "तब तो मेरा स्वीटहार्ट सचमुच फौजी है, वह बिल्कुल ऐसे ही सैल्यूट मारता है।"

"क्या नाम है उसका ?"

"उसका नाम ?" रसना बोली—फिर एकदम रुककर कहा, "नहीं बताऊंगी।" उसके शोख लहज़े में शरारत आ गई।

शोभा भी शोख लहज़े में बोली, "फौजी नहीं होगा ना। इसीलिए नहीं

बताती हो।"

रसना एकदम पैर पटककर बोली, "अच्छा, बताती हूं।"

"तो बोलो।"

"नहीं बोलूंगी।" रसना का शुबहा बढ़ने लगा। यह शोभा उसका नाम क्यों पूछती है ! रसना का दिल डरने लगा। कहीं यह मेरे स्वीटहार्ट को मुझसे छीन न ले, इसलिए नहीं बताऊंगी। बताना अच्छा नहीं होगा।

शोभा की आंखें शरारत से तारों की तरह चमकने लगीं। बोली, "उंह... कोई डाकिया होगा बेचारा।"

इसपर रसना को क्रोध आ गया। सब कुछ भूल-भालकर भड़ककर बोली, "जी, डाकिया वह नहीं है, हरगिज़ नहीं है।"

"तो फिर कौन है ?" शोभा ने उसे चिढ़ाते हुए कहा, "बस-कंडक्टर ?"

"नहीं।" रसना ज़ोर देकर बोली, "वह बताती हूं। उसका नाम अभी बताती हूं।" फिर रसना शोभा की तरफ़ देखकर शरमा गई, बोली, "पर मुझे शर्म आती है। तुम उधर देखो, तो बताती हूं।" रसना ने शोभा को घूम जाने का इशारा किया। शोभा ने ज़रा-सा घूमकर उसकी ओर पीठ कर दी, रसना उसके कान में बोली, "विलियम।" शोभा ने मुड़कर रसना को देखते हुए कहा, "विलियम है उसका नाम ?"

रसना ने चुपके से लजाकर हां में सर हिला दिया।

"कैसी वर्दी पहनता है वह ?"

"लाल कोट वाली।"

"लाल ?"

"हां, और काली पतलून, जिसके बीचों-बीच एक लम्बी सुनहरी गोट है।"

शोभा ने सोच-सोचकर दोहराया, "लाल कोट !"

रसना बोली, "हां, लाल कोट, जिसपर सुनहरी बटन लगे हैं, और काली छज्जेदार टोपी है। और उसपर भी सुनहरी गोट लगी है।"

शोभा चिल्ला कर बोली, "अरे समझ गई, वह तो सिनेमा के बाहर खड़ा होने वाला कमिशनर होता है, एक तरह का बड़ा चौकीदार, लाल कोट, और सुनहरी बटन, और छज्जेदार टोपी। वही तो है, जब कोई बड़ी गाड़ी सिनेमा के आगे रुकती है, तो वह मोटर का दरवाज़ा खोलकर सैल्यूट मारता है। तुम्हारा स्वीटहार्ट सिर्फ़ एक चौकीदार है, बस चौकीदार !"

शोभा ने अपमानभरे स्वर में कहा। उसके स्वर में कुछ घृणा का भाव था। इसपर रसना जलकर बोली, "तो तुम्हारा लाली क्या है ?"

"लाली !" शोभा हैरान होकर बोली। "लाली इसके बीच में कहां आता है ? लाली का इस बात से क्या सम्बन्ध है ?"

"क्यों नहीं ?" रसना ने जल्दी-जल्दी जवाब दिया। "अगर तुम मेरे स्वीटहार्ट के लिए ऐसी बातें बोल सकती हो, तो मैं तुम्हारे लाली के लिए ऐसा क्यों नहीं बोल सकती ?"

शोभा क्रोध से बोली, "लाली मेरा क्या लगता है ? वाह, व्हील की सवारी करते समय अगर उसने ज़रा देर के लिए मेरी कमर को छू लिया तो मैं उसे कैसे मना कर सकती थी ?"

"क्या तुम्हें अच्छा नहीं लगा था ?"

"नहीं।" शोभा ने झूठ बोल दिया।

रसना बोली, "तो तुम इस समय उसका वेट क्यों कर रही हो ? घर क्यों नहीं चली जाती ?"

शोभा ने उत्तर दिया, "तुम भी तो उसका इंतज़ार कर रही हो।"

"मैं तो..." रसना रुककर बोली। "मैं तो इसलिए—कि उसने कहा था तुम दोनों यहीं रुको, सिर्फ़ तुम्हें ही नहीं मुझे भी उसने रुकने के लिए कहा था। और..." रसना कुछ और कहने वाली थी, कि सामने से लाली वापस आता हुआ दिखाई दिया। सीटी बजाते हुए, बड़ी लापरवाही से कोट कंधे पर रखे हुए, टोपी बड़ी अदा से तिरछी किए, लम्बे-लम्बे डग रखता हुआ चला आ रहा था। उसे देखकर दोनों सहेलियां अपनी तू-तू मैं-मैं खत्म करके चुप हो गईं।

आते ही उन दोनों को उसने हैरत से आंखें फाड़कर देखा और ज़रा-सी गरदन टेढ़ी करके बोला, "ऐं...तुम दोनों अभी तक यहां... क्या कर रही हो ?"

रसना ने लाली के पास जाकर कहा, "तुम ही ने तो कहा था यहां वेट करने को।" उसने बड़े रहस्यभरे ढंग से 'तुम' कहा था। यह 'तुम' मानो शोभा से अलग लाली से कोई खास रिश्ता पैदा करने के लिए था। लाली ने तुरन्त रसना को डांट दिया, "तुम हमेशा बीच में बोलती हो, तुमसे कौन बात करता है ?"

रसना को उसका जवाब मिल गया फिर भी वह ढिठाई से बोली, "तुमने हमसे पूछा इसलिए।"

"शट-अप !" लाली ने बड़े सख़्त लहज़े में उससे कहा, "मुझे तुम दोनों से क्या लेना-देना है !" शोभा का रंग यह सुनकर उड़ गया। जल्दी से लाली ने कहा, "मेरा मतलब था, तुम दोनों में से कोई एक रुक जाए। दूसरी चली जाए।" जैसे उसे इस बात की परवाह न हो कि कौन रुके, कौन जाए। वह दांतों से अपने नाखून काटने लगा, और चोर-निगाहों से देखने लगा कि उसके इस वाक्य का उन दोनों पर क्या असर हुआ है।

रसना और शोभा दोनों ने एक-दूसरी की तरफ़ देखा, फिर दोनों ने लाली की ओर देखा, जो इन दोनों की ओर न देखकर नाखून काटने में

लगा था।

रसना बोली, "तो ठीक है।"

शोभा ने भी कहा, "हां, तो ठीक है।"

मगर दोनों में से कोई अपनी जगह से नहीं हिली। दोनों इस प्रतीक्षा में थीं कि दूसरी चली जाए, वह रह जाए। मगर दोनों में से कोई नहीं गई।

लाली ने आंख उठाकर देखा और बोला, "दोनों में से एक को जाना पड़ेगा।" फिर रसना की तरफ़ देखकर बोला, "तुम कहां काम करती हो ?"

रसना बोली, "मैं खार में पन्द्रहवीं सड़क पर।"

"और तुम ?" उसने शोभा पर उचटती-सी नज़र डाली।

"मैं भी वहीं हूं," शोभा बोली।

लाली ने अपनी पतलून पर से एक.ख़याली मक्खी उड़ाई। बोला, "तुम दोनों में से एक को घर जाना पड़ेगा, और एक कम-ऑन। तुम दोनों में से एक यहां रुक सकती है। जल्दी बोलो, कौन रुकेगी ? जल्दी बोलो, मेरे पास टाइम नहीं है।"

रसना लाली की अहंकारपूर्ण मुद्रा, खड़ी गर्दन, माथे पर झुकी लट देखकर सब भूल गई। शोभा की तरफ़ इशारा करके बोली, "अगर यह रुकी तो इसकी नौकरी चली जाएगी।"

"किसकी नौकरी ?" लाली ने पूछा।

"शोभा की," रसना ने जवाब दिया। "इसे सात बजे तक वापस पहुंच जाना चाहिए, नहीं तो घर की मालकिन इसको जवाब दे देगी। यही बोल के यह आई थी।"

लाली ने शोभा की तरफ़ देखकर पूछा, "क्या यह सच है ?"

"हां।"

"तो क्या हुआ, मेरी नौकरी भी तो चली गई !"

"हां, यह सच है", शोभा रुक-रुककर उसकी तरफ़ देखकर बोली, "तुम्हारी नौकरी भी चली गई।" जाने क्या बात है, शोभा का दिल आशा और ख़ुशी से कांपने लगा। उसे न अपनी नौकरी चली जाने का डर था, न लाली की नौकरी ख़त्म होने का दुःख। दिल में एक कोंपल-सी फूटने लगी, एक सितार-सा बजने लगा। गुलाबी सुगंध की लपटें लहरें लेने लगीं। आखें लाली के प्यारे मुखड़े पर जमकर रह गईं। और अब कहीं न भटकेंगी। शोभा ने लजाकर उन निगाहों को हटाना चाहा, पर कुछ निगाहें बड़ी ढीठ होती हैं—बड़ी बेशर्म। जहां जम जाती हैं तो हटती ही नहीं। हाय, अब क्या होगा, कैसे वह अपनी निगाहें नीची करे। लाली को मालूम हो गया तो वह क्या करेगा।

इतने में उसके कानों में आवाज़ आने लगी, "तो क्या मैं जाऊं शोभा, चली जाऊ शोभा ?" आवाज़ और लहज़े में बेहद उदासी थी। शोभा के मुंह से निकला, "मैं यह कैसे कह सकती हूं !"

रसना ने लाली की ओर देखा, मगर अब लाली भी शोभा की तरफ़ देख रहा था। कुछ कहे बिना दोनों की आंखों ने जैसे रसना को अपने रास्ते से हटा दिया था, जैसे वह वहां थी ही नहीं, होते हुए भी चली गई थी।

तो फिर वह रुककर भी क्या करेगी ?

एक ठंडी आह भरकर रसना ने कहा, "अच्छा शोभा, ठीक है, तुम रुक जाओ।"

यकायक लाली चौंककर बोला, "क्या सच है कि तुम्हारी नौकरी खलास हो जाएगी ?"

"घड़ी-घड़ी पूछोगे ?" शोभा ने जवाब दिया। लाली चुप हो गया, मीठी-मीठी निगाहों से शोभा की तरफ़ देखने लगा।

रसना धीरे से बोली, "तो मैं जाऊं शोभा ?" इतने धीरे से, इतने जैसे कोई धीरे से दामन पकड़ ले और फिर छोड़ने के लिए तैयार न हो।

यह सवाल न था, प्रार्थना थी। तो मैं जाऊं शोभा—यानी मुझे जाने को क्यों कह रही हो शोभा। मुझे रोक लो ना। किसी तरह लाली को समझाओ ना।

शोभा बड़ी निर्दयी होकर बोली, "अच्छा, रसना, तुम चली जाओ।"

शोभा ने यह कह दिया था, जिसकी उसको सुनने की आशा थी। लेकिन जिसे सुनने के लिए वह तैयार नहीं थी। उसका दिल बैठ गया। वह धीरे-धीरे जाने लगी और फिर कुछ ही क्षण में उनकी नज़रों से ओझल हो गई। लाली शोभा के पास चला गया। इतने में रसना लौट आई, बेबस-मजबूर निगाहों से उनको देखते हुए बोली, "गुडनाइट !"

4

मगर वे दोनों एक-दूसरे में इतने खो चुके थे, कि किसीने उसकी गुड-नाइट का उत्तर नहीं दिया, रसना कुछ क्षण तक खड़ी इंतज़ार करती रही। शायद वे दोनों उसकी गुड-नाइट का जवाब दें, शायद उसकी तरफ़ देखकर उसकी आंखों की प्रार्थना और कामना पढ़कर उसे जाने से रोक लें। शायद शोभा का इरादा बदल जाए और वह अपनी दोस्ती की ख़ातिर रसना के साथ वापस चली जाए। मगर लगता है शोभा का ऐसा कोई इरादा नहीं है, वह तो उसकी तरफ़ देख भी नहीं रही है।

जल्दी से रसना पलटकर झाड़ियों की आड़ में ग़ायब हो गई। रूमाल से आंसू पोंछते हुए चली गई। मगर शोभा को और लाली को मालूम तक न हुआ कि कौन आया और कौन गया। और दोनों एक दूसरे के क़रीब होते गए।

लाली और शोभा दोनों दुनिया से बेखबर पार्क के एक अंधेरे कोने में चले गए, जहां पेड़ों और झाड़ियों से घिरा हुआ लकड़ी का बेंच पड़ा था, और जिसके पीछे बिजली का एक खंभा खड़ा था। लट्टू की रोशनी पत्तों से छनकर रंगीन बेंच पर दो-तीन जगह पड़ रही है, वे दोनों कुछ नहीं बोलते, बेंच की ओर बढ़ते जाते हैं। कार्निवाल से संगीत-ध्वनि सुनाई दे रही है, लोगों की बातचीत की विशृंखल लहरें, फिर मौन, फिर इस मौन को चीरती हुई किसी बच्चे के झुनझुने की आवाज़ लहराने लगती है। फिर ख़ामोशी। इस ख़ामोशी और सन्नाटे में किसी कार के हार्न की आवाज़ सुनाई देती है। कार दूर जा रही है। वे नज़दीक आ रहे हैं, साथ-साथ चलते हुए, एक-दूसरे से लगकर एक चुंबकीय धारा से बंधे हुए, दो नावों की तरह एक लहर पर डोलते हुए।... ऐसा क्षण तो कभी नहीं आया उसके जीवन में।" यह क्या हो रहा। है, उसके क़दम डगमगा क्यों रहे हैं ? यह बेंच इतनी जल्दी उसके पास क्यों नहीं आ जाता ? शायद वह बेहोश होकर गिर पड़ेगी। शायद लाली को उसे उठाकर उस बेंच तक ले जाना होगा।

मालूम नहीं कब वह बेंच आ गया, कब धीरे से सहारा देकर लाली ने शोभा को बेंच पर बिठा दिया। वह एक भोली-भाली कबूतरी की तरह उसके पास बैठी है। बात ? हां, कोई बात उसे करनी चाहिए लाली से। कोई कुछ नहीं कहता, दोनों चुप हैं। कितना बोझल है यह क्षण, टाइम-बम की तरह ख़तरनाक तौर पर टिक टिक करता हुआ। अगर वह जल्दी से न बोली तो शायद यह क्षण फट जाएगा। शायद उसकी सारी ज़िन्दगी, वह और लाली दोनों हवा में बिखर जाएंगे।

उसे बोलना चाहिए, उसे कुछ कहना चाहिए। मगर बहुत कोशिश करने के बाद भी वह कुछ कह नहीं सकी। लगता है किसीने गले को अंदर से हाथ डालकर पकड़ लिया है। उसका सारा शरीर कांप रहा है।

यकायक लाली ने बड़े निश्चिंत स्वरं में बिना किसी भावुकता के उससे पूछा, "तुम क्या करती हो ?"

और उस भावहीन स्वर ने उस क्षण की रोमांटिक धुंध एक झटके से साफ़ कर दी है। शोभा को अपना गला खुलता हुआ मालूम हुआ। उसने धीरे से कहा, "मैं कुक हूं। खाना पकाती हूं।"

"और रसना ?"

"वह तो ख़ाली झाड़ू-कटका करती है," शोभा ने कुछ तिरस्कार के भाव से कहा।

लाली ने बालों की लट माथे से हटाई। शोभा का जी चाहा वह ख़ुद हटा दे। लाली से कहे, यह काम तो मेरा है। मगर लाज के मारे कुछ कह न सकी। हां, यह सोचकर कि वह लाली के बालों की लट छू सकती है, उसका चेहरा शर्म से लाल हो गया और खुशी से खिल गया। और उसे अपने पूरे शरीर पर चींटियां-सी रेंगती मालूम होने लगीं।

लाली ने पूछा, "कार्निवाल पार्क में कुछ खा-पी लिया था ?"

"नहीं।"

"कुछ खाओगी वहां चलकर ?"

"नहीं।"

"कहीं और चलकर खाओगी?"

"नहीं।"

लाली सीटी बजाने लगा। शोभा अपनी साड़ी के पल्लू को मोड़ने लगी। लाली ने सीटी बजाना बंद कर दिया। शोभा ने पल्लू मोड़ना बंद कर

दिया। लाली ने उसकी तरफ़ देखकर कहा, "तुम कार्निवाल में बहुत कम आती हो, मैंने सिर्फ छः बार देखा है।"

"हां ठीक है, बस सात बार आई हूं।"

"तुमने मुझे देखा था ?" लाली ने पूछा।

"हां।"

"और तुम्हें मालूम था, मैं लाली हूं ?"

"मालूम कर लिया था," शोभा ने उसकी ओर से निगाहें हटाकर कहा।

लाली मुस्कराने लगा। कुछ क्षणों के बाद बोला, "तुम्हारा कोई ब्वाय-फ्रेंड है।"

"नहीं।"

"झूठ मत बोलो।"

"मैं तुमसे झूठ नहीं बोलूंगी।"

"कितने साल हो गए तुम्हें बंबई में काम करते हुए ?"

"सात साल।"

"और सात साल में तुम्हारा एक ब्वाय-फ्रेंड भी नहीं रहा ? तुम चाहती हो, मैं तुम्हारे इस झूठ पर यक़ीन कर लूं ?"

"सच कहती हूं, एक भी व्याय-फ्रेंड नहीं रहा।"

"यह ढोकला किसी और को बताओ।"

"तुम ज़िद क्यों करते हो कि कोई है, ज़रूर है ?"

"क्योंकि इस टाइम तुम बेंच पर मेरे साथ बैठी हो। अगर तुम्हारा कभी कोई ब्वाय-फ्रेंड नहीं रहा होता तो रात के इस समय मेरे साथ इस बेंच पर यूं न बैठ सकतीं। डर के भाग जातीं।"

"मगर मुझे तुमसे डर नहीं लगता है।"

लाली ज़ोर से हंस पड़ा। "कैसी अहमक हो तुम ! लाली को नहीं जानतीं। बाहर के किसी बूथ से मालूम कर लिया होता, कितनी लड़कियां

मुझपर मरती हैं।" उसके स्वर में विजय और गर्व के मिले-जुले भाव बढ़ते ही गए, हर लड़की मुझे अपना ब्वाय-फ्रेंड कहने के लिए तैयार है। तुम्हारे ऐसी नहीं बल्कि, ऐसी लड़कियां जो नर्सें हैं, और टाइपिस्ट भी। वे बड़े-बड़े दफ़्तरों में काम करती हैं। मैं उनमें से किसीको भी पसन्द कर सकता हूं।" लाली ने बड़ी शेख़ी से कहा।

"मैं जानती हूं, मिस्टर लाली।" शोभा बड़ी गम्भीरता से बोली। जाने उसके अन्दर यह हिम्मत कहां से आ गई थी।

"क्या जानती हो ?" लाली ने पूछा।

"यही कि बहुत-सी लड़कियां तुमपर मरती हैं। ख़ुद मेरी बहुत-सी सहेलियों का यही हाल है। केट, मेरी, वायलेट, रूबी, छबीली, सोफ़िया, गौरी, सब ज़्यादातर तुम्हारा ज़िक्र करती हैं, मगर मैं इसलिए नहीं रुकी...कि ...कि...मैं तो इसलिए रुकी कि मुझे अफ़सोस है, मेरे कारण तुम्हारी नौकरी चली गई।"

"चली गई तो अब घर चली जाओ।" लाली को यह सुनकर एक चाट-सी लगी कि यह दुबली-पतली सांवली उसकी ख़ातिर नहीं ठहरी, उसकी नौकरी चली जाने की ख़ातिर ठहरी। उसके स्वर में सख़्ती आने लगी। क्या समझती है यह छोकरी ?

शोभा ने बड़ी दृढ़ता से कहा, "पर अब नहीं जाऊंगी मैं।"

"क्यों ?" लाली ने पूछा। "अगर मैं तुम्हें इस बेंच पर छोड़कर चला जाऊं ?"

"तब भी नहीं जाऊंगी।"

लाली को उसके स्वर की दृढ़ता बहुत अच्छी लगी। जैसे नर्म-नर्म लहरों के अन्दर उसने किसी चट्टान को देख लिया हो। उसने मानो दोनों हाथ उस चट्टान पर रख दिए, और आहिस्ता से बोला, "एक तुम्हारी ऐसी लड़की मेरी स्वीटहार्ट थी। एक बार, बिल्कुल तुम्हारी ऐसी लड़की

मुझे मिली थी। रात के समय कार्निवाल ख़त्म हो चुका था। हम लोग रोशनियां बुझा रहे थे, कि इतने में।" लाली सुनाते-सुनाते रुक गया, सामने से दो सन्तरी गश्त करते हुए चले आ रहे थे। इधर-उधर देखते हुए, फिर उन दोनों ने इस बेंच पर बैठे हुए जोड़े को देख लिया, और सीधे उनकी ओर बढ़ आए और उनके सामने खड़े हो गए। शुबहे की नज़रों से उन्होंने लाली और शोभा की तरफ़ देखा, फिर उनमें से एक सन्तरी लाली से बोल "तुम यहां क्या कर रहे हो ?"

लाली ने उसी तरह बैठे-बैठे जवाब दिया, "कौन, मैं ?"

इसपर सन्तरी को ग़ुस्सा आ गया। उसने डांटकर कहा, "जब तुमसे बात की जाए तो खड़े होकर जवाब दो।"

लाली अनिच्छापूर्वक खड़ा हो गया, मगर धीरे-धीरे खड़ा हुआ, जैसे उसके जोड़ों में दर्द हो, या वह खड़ा होना न चाहता हो मगर मजबूर किया जा रहा हो। यो जैसे ख़ुद कोई काम याद आने पर खड़ा हो रहा हो और पुलिस के कहने पर खड़ा न हो रहा हो। उसकी निगाहों में पुलिस के लिए घृणा में बुझे तीर थे और थोड़ा-सा भय भी।

पहले सन्तरी ने पूछा, "तुम्हारा नाम ? क्या काम करते हो ?"

लाली के उत्तर देने से पहले दूसरे सन्तरी ने कहा, "मैं इसे पहचानता हूं। यह लाली है, कार्निवाल में बार्कर है, मैं जानता हूं इसको।"

पहले सन्तरी ने घूमकर शोभा की ओर देखा।

शोभा धीरे-धीरे सिसकने लगी, तो पहला सन्तरी नाराज़ होकर बोला, "क्या सूं-सूं करने लगी ! हम क्या तुमको खा जाएगा। अपना ड्यूटी पूरा करता है।" फिर लाली की तरफ़ मुड़कर बोला, "किस बूथ के बार्कर हो ?"

लाली ने अपना दायां गाल खुजाते हुए कहा, "मिसेज़ होशंगबाई के बूथ के...।"

दूसरे सन्तरी ने फिर पहले से कहा, "मैं जानता हूं इसको। दो-तीन बार पकड़ा है।"

पहले सन्तरी ने डांटकर पूछा, "तुम इधर क्या करता है ?"

लाली ने बड़े धैर्य से जवाब दिया, "हम दोनों इधर पार्क में बैठा है, मैं और यह छोकरी।"

दूसरे सन्तरी ने पूछा, "तुम्हारी घर वाली है ?"

लाली ने हंसकर तिरस्कारपूर्ण स्वर में कहा, "घर वाली के साथ कोई पार्क में बैठता है।"

"तो यह तुम्हारी छोकरी है ?" पहले सन्तरी ने पूछा।

लाली ने सर हिलाकर कहा, "नही, छोकरी भी नहीं है।"

इससे दूसरे सन्तरी का शुबहा और मज़बूत हो गया। उसने शोभा की तरफ़ देखकर कहा, "तुम्हारा नाम बोलो।"

"शोभा।"

"झाड़ू-कटके वाली ?"

"नहीं, कुक हूं, खाना पकाती हूं मिस्टर बोस के घर में। पन्द्रहवीं सड़क, खार, बम्बई, नंबर 52।"

"अपना हाथ दिखाओ।" पहला सन्तरी बोला। शोभा की समझ में कुछ न आया, मगर उसने अपने दोनों हाथ आगे कर दिए। पहले सन्तरी ने दोनों हाथों की हथेलियां टटोल कर दूसरे सन्तरी से कहा, "ठीक कहती है, नौकरानी ही है, हाथ सख़्त है।"

दूसरे सन्तरी ने पूछा, "तो इस टाइम घर पर खाना नहीं पकाओगी? इधर क्या करती है ?"

शोभा बोली, "आज मेरे को हाफ़ होलीडे है।"

"तो इस धाकड़ के साथ इधर बेंच पर क्यों बैठी है ?" पहले सन्तरी ने डांटकर पूछा। शोभा लाजवाब होकर उसका मुंह देखने लगी।

दूसरा सन्तरी पहले सन्तरी की ओर देखकर बोला, "मैं जानता हूं, इधर हम गए, उधर ये दोनों इन झाड़ियों में ग़ायब।"

पहले सन्तरी को सिसकती हुई शोभा को देखकर शायद तरस आ गया। उसने कहा, "यह धाकड़ लव नहीं करता है, ख़ाली तुम्हारे पैसे के पीछे है। हम इसको अच्छी तरह से जानता है, यह ऐश करके कुक और झाड़ू-कटका करने वाली छोकरियों को फंसाता है, और फांसकर उनके पर्स ख़ाली करा लेता है। इससे तुमको बोल देता है। इसलिए कि कल को तुम जब थाने में इसकी रिपोर्ट लिखाने आएगा तो हम थाने में तुम्हारी रिपोर्ट नहीं लेगा। अभी से तुमको इस चार सौ बीस के लिए वार्निंग करता है।"

शोभा बोली, "मेरे पर्स में सिर्फ़ आठ आने हैं, सन्तरी जी।" वह इस समय लाली को बिल्कुल नहीं देख रही थी, लेकिन पहले सन्तरी ने लाली की तरफ़ देखकर कहा, "सुन लिया, लाली ? इस छोकरी के पर्स में सिर्फ़ आठ आने हैं।"

लाली बोला, "मुझे इसके पैसे नहीं चाहिए।"

"चुप रहो !" दूसरे सन्तरी ने लाली को डांटा।

लाली चुप हो गया। शोभा भी उसके पास बेंच पर बैठी रही। सिपाहियों की वार्निंग सुनकर भी वहां से नहीं हटी। दोनों सन्तरी कुछ क्षण तक इन दोनों को घूरते रहे, फिर पहले सन्तरी ने कहा, "सुन लो शोभा, ये अमारी ड्यूटी है, तुमको बोल देता है। तुम्हारे को अक्कल नहीं है, जो तुम इस छोकरे से शादी बनाता है। यह तुमसे झूठा-मूठा प्रेम जताएगा। हर महीना तुम्हारी पगार लेके खा जाएगा। तुमको खुंख करके छोड़ देगा।"

शोभा बोली, "मुझसे क्या लेगा, सन्तरी जी ? मैं तो बहुत

ग़रीब हूं।"

दूसरा सन्तरी गरजकर बोला, "तुम बात मत करो, जो कुछ कहा जाए सुन लो।"

शोभा चुप हो गई।

फिर पहला सन्तरी बोला, "तुम को हमारा थैंक्स करना मांगता। हम तुम को टाइम पर वार्निंग किया है। यह छोकरा बहुत धाकड़ है, तुम्हारा पर्स साफ़ कर देगा। सब खा जाएगा। फिर तुम अमारे पास रपट के लिए आएगा तो अम क्या कर सकेंगा ? इसलिए अभी से बोलता है। अमारे संग चलो, अम तुमको अभी तुम्हारे घर छोड़ के आएगा।"

शोभा ने कांपते हुए पूछा, "यह आपका हुकुम है ?"

"हुकुम नहीं है," पहला सन्तरी बोला, "खाली तुम को समझाता है, बस !"

"हुकुम नहीं है तो मैं नहीं जाऊंगी।" शोभा बोली।

"ठीक है, बाद में रोएगी। मगर हमने इसे ख़बरदार कर दिया है। हमारी ड्यूटी ख़त्म है। आओ बसंत, चलें।"

पहले संतरी ने फिर एक बार शोभा की तरफ़ देखा, जैसे किसी निपट मूर्ख लड़की की तरफ़ देख रहा हो। फिर उसने धीरे से सर हिलाया और अपने साथी के साथ पार्क के दूसरे कोने की ओर गश्त करने के लिए चला गया।

उनके जाने के बाद लाली फिर शोभा के पास बेंच पर बैठ गया। लाली ने जेब से रूमाल निकालकर अपने चेहरे से पसीना पोंछा। अपनी गर्दन को साफ़ किया और अपनी नाक को और अपने मुंह को। फिर शोभा की तरफ़ देखकर बायां गाल खुजाने लगा ! शोभा ने धीरे से पूछा, "हां तो फिर," शोभा बोली। "तुम कोई बात शुरू करने वाले थे न, जब ये संतरी आ गए।"

"ओह !" लाली के मुंह से निकला। उसने शोभा को ग़लत समझा था। "मैंने क्या कहा था ?" उसने नर्म पड़ते हुए शोभा से पूछा।

शोभा बोली, "तुम कह रहे थे, कोई एक लड़की थी तुम्हारी गर्लफ्रेंड, कार्निवाल के बाद तुमसे मिली थी, इसी पार्क में जब तुम..."

"ओह, हां।" लाली कहने लगा। "अब याद आया।" हालांकि उसे कुछ याद न था यूंही वह बोलने लगा। "जब हम रोशनियां बुझा रहे थे तो एक लड़की लाल शाल ओढ़े हुए आई और मुझसे...मुझसे..." वह रुक गया, और स्वर बदलकर शोभा से पूछने लगा, "सुनो, मैं कहता हूं, संतरियों ने जो कुछ तुमसे कहा, जो कुछ तुम्हें बताया, क्या उसके बाद भी तुम्हें मुझसे डर नहीं लगता है ?"

"नहीं," शोभा उसकी आंखों में आंखें डालकर बोली।

"और अगर मैं तुम्हारा पर्स तुमसे छीन लूं ?"

"मेरे पर्स में कुछ नहीं है, आठंआने के. सिवा," शोभा आह भरकर बोली, "और अगर कुछ होता तो मैं सब-कुछ तुम्हारे हवाले कर देती।"

"सच ?" लाली ने हैरत में डूबकर पूछा।

"हां, अगर तुम चाहो तो मैं तुम्हें कभी इन्कार नहीं करूंगी।"

"तुमने आज तक अपने किसी ब्वाय-फ्रेंड को पैसे नहीं दिए ?"

"नहीं।"

लाली की हैरत बढ़ती जा रही थी। उसे विश्वास हो भी रहा था और नहीं भी, फिर भी वह अपने सवाल करता रहा। "यानी तुम आज तक किसीके साथ सिनेमा तक देखने नहीं गईं, चांदनी में कभी जुहू के किनारे ?"

"हां, गई थी," शोभा बिना भावुकता के बोली।

"कौन था वह ?"

"रामू, साथ वाले बंगले का कुक।"

"कहां का रहनेवाला था ?"

"मेरे गांव का।"

"तुमको उससे प्यार था ?"

शोभा ने उकताकर कहा, "ऐसी बातें क्यों पूछते हो ?" फिर रुककर दृढ़ स्वर में बोली, "नहीं, मुझे उससे प्यार नहीं था। बस, हम दोनों टहलने के लिए जाया करते थे।"

"कहां जाते थे ?"

"कभी पार्क में, कभी जूहू पर।"

"और तुम्हारी इज़्ज़त ? कहां खोई तुमने ?"

"मेरी तो कोई इज़्ज़त ही नहीं है।"

"कभी तो होगी ?"

"कभी—भी—नहीं थी।" वह रुआंसी होकर बोली।

हर सवाल के बाद लाली का लहज़ा बेरहम होता जा रहा था। बेरहम, संगदिल और चाबुक की तरह पड़ने वाला, मगर इस चाबुक का वार ख़ुद लाली पर भी पड़ रहा था। लगता था जैसे हर सवाल का चाबुक ख़ुद उसकी पीठ पर पड़ रहा है। फिर भी वह सवाल किए जा रहा था। वे सवाल, जिनकी क़ीमत, जिनके जवाब की क़द्र किसी ज़माने में तो होती थी, आज के वक़्त में बिल्कुल नहीं है। वह इस बात को जानता था, और उससे ज़्यादा इन सवालों के अंदर छुपे हुए मानी-मतलब कौन जान सकता था ! फिर न जाने उसके अंदर कौन-सी छुपी हुई शराफ़त थी, जो इस समय बार-बार उससे यही सवाल किए जा रही थी। इसके विपरीत शोभा इस समय न रो रही थी, न सिसकियां ले रही थी, न शर्मा रही थी, न ही बेहयाई से इन सवालों के जवाब दिए जा रही थी। उसका अंदाज़ ऐसा था, जैसे ये सवाल बिल्कुल मामूली हों, जैसे उनका आज की दुनिया में, और उसके लिए कोई महत्त्व, कोई क़द्र, कोई क़ीमत, कोई

अहमियत न हो। जैसे ये सवाल न हों, आज के बहते समाज में रुलाने वाले रोड़े-कंकड़ हों।

वह दांत पीसकर बोला, "मगर तुमने रामू के हवाले अपना शरीर तो किया होगा ?"

"वह तो करना ही पड़ता है" शोभा बड़ी गंभीरता से बोली, "मगर मुझे उससे प्यार नहीं था।"

"मुझसे है ?" लाली ने दूसरा सवाल किया।

"नहीं।"

"तो यहां क्यों बैठी हो ?" उसने भड़ककर पूछा।

"यों ही वह रुककर उदास स्वर में बोली, "बस ऐसे ही," वह बोलते-बोलते रुक गई। आंसू आंखों के अंदर से ढुलक कर अंदर ही अंदर किसी चोर दरवाज़े से उसके गले में पहुंचकर रुक गए थे। उसकी आवाज़ उनमें डूबकर रह गई। वह आगे कुछ न कह सकी।

लीला बोला, "हां, पर मेरे ऐसे मर्द से तुम शादी नहीं करोगी न ?"

"क्या हर बात का जवाब ऐसी ही सफ़ाई से दिया जाता है, जैसे झाड़ू-कटका किया जाता है ?" शोभा को ग़ुस्सा आने लगा। क्या चाहता है लाली ? अपने आपको अच्छा दिखाना चाहता है, उसे बुरा ठहराना चाहता है, क्योंकि लोगों की आधी ज़िंदगी अपने आपको अच्छा और दूसरों को बुरा साबित करने में बीत जाती है ? इसके विपरीत अगर हम सब लोग, सब नहीं कोई दो लोग मिलकर, सारे जीवन की बुराइयां और ग़लतियां आधी-आधी करके आपस में बांट लिया करें, एक-दूसरे पर बिना लांछन लगाए-जब हम सुख बांट सकते हैं, दुःख बांट सकते हैं, तो लांछन भी बांट लिया करें जो बांटे जा सकते हैं तो जीवन कितना सुखमय हो जाए !

शोभा की ख़ामोशी से लाली ने ग़लत मतलब लगा लिया। वह

आहत स्वर में शिकायत के भाव से बोला, “अगर तुम मुझे चाहती नहीं हो, तो यहां क्यों बैठी हो ? चली क्यों नहीं जातीं ? जाओ, जहां तुम नौकर हो।”

शोभा धीरे से बोली, “अब कहां जाऊं, बहुत देर हो गई ! उन लोगों ने दरवाज़े बंद कर लिये होंगे।”

“हां...।” बहुत देर के बाद शोभा बोली। और बहुत देर तक उन दोनों के बीच ख़ामोशी रही जैसे एक दरवाज़ा बंद हो गया हो और अभी दूसरा दरवाज़ा खुला न हो। दो दिलों के बीच कभी ऐसा अवकाश भी आता है, जिसमें सोचने और लड़ने-झगड़ने के लिए समय मिलता है।

ऐसे ही इस अवकाश के बीच लाली ने कहा, “मैं पूछता हूं, मेरा जैसा बुरा आदमी भी सुधरकर अच्छा आदमी हो सकता है, सुधारा जा सकता है ?”

दरवाज़ा ज़रा-सा खुलने लगा। शोभा को उजाला नज़र आने लगा। इतने में मूंगफली वाला वहां से उनके सामने से भीगी हुई डूबी आवाज़ में भुनभुनाता गुज़र गया।

“मूंगफली, सींग—मूंगफली—सींग ले लो, सींग......”

लाली ने पूछा, “भूख लगी है ?”

“नहीं।” शोभा ने सर हिला दिया।

लाली ने भी मूंगफली वाले की ओर देखकर इन्कार में सर हिला दिया। मूंगफली वाला चला गया। उसके साथ ही वह सोचने-समझने वाला अवसर भी चला गया। अब लाली फिर पुराने मूड में था। अजीब लड़की है, लाली ने सोचा। अब वह क्या कहे उससे ? सब वार बेकार कर दिए इस अजीब-सी सांवली ने। निगाहें कहीं बहुत दूर चली गई हैं; जब उसकी ओर देखती है तो यही लगता है, जैसे उसकी ओर देख नहीं रही है। लगता है लाली का शरीर कांच का बना हुआ है, जैसे शोभा की

निगाहें उसके शरीर के आर-पार होकर दूर आकाश में हवा में कहीं बहुत दूर कुछ खोजने के लिए जा रही हैं, जिसे औरत हज़ारों वर्ष से खोज रही है, मर्द के साथ रहकर भी, उससे प्यार करके भी, उससे बच्चे लेकर भी, मोह, माया, ममता सबसे गुज़रकर, सबको छलांगकर वह कुछ और ही खोज रही है, जो उसे आज तक नहीं मिला, जिसके लिए वह आज तक प्यासी है और तरस रही है।

लाली चुप है, वह भी सांसों के इस समंदर में अकेला पड़ गया है। बढ़ती हुई रात के रेशमी कपड़ों में लिपटा धीरे-धीरे न समझ में आने वाले अंधेरे का एक अंग बन चुका है। अब उस तक कोई किरण नहीं पहुंचती, किसी अंधकारमय रेडियाई उपग्रह की तरह समय की दूरबीन की आंख से ओझल अकेला धड़क रहा है। यों ही लोग भीड़। में चलते-चलते यकायक अकेले पड़ जाते हैं, और अकेले में भीड़ बन जाती है। इस धुंधली-धुंधली ख़ामोशी के बीच कहीं कोई एक लय जागती है। मिसेज़ होशंगबाई का पुराना ग्रामोफ़ोन बज रहा है, नाच की धुन उसकी रग-रग में समाई जा रही है, अंग-अंग में उसकी लय धड़कने लगी है। फिर किसी दूसरी चीज़ से रिश्ता जुड़ गया उसका। वह अकेला नहीं रहा, उसकी टांगें थिरकने लगी हैं।

"नाचोगी ?" लाली ने शोभा से पूछा।

"नहीं।"

"क्यों नहीं ?"

"कोई देख लेगा तो क्या कहेगा ?"

"किसीकी परवाह तुम्हें क्यों होने लगी ?"

"क्यों कि मुझे शादी तो करनी नहीं है," शोभा दुख-भरे स्वर में बोली। "शादी करनी होती तो मुझे भी कोई परवाह नहीं होती। फिर कोई फर्क न पड़ता। मगर मुझे शादी नहीं करनी है, इसलिए अपना ध्यान रखना

पड़ता है।"

"और अगर मैं तुमसे शादी के लिए कहूं ?" लाली बेधड़क बोल उठा और बोलकर दंग रह गया। यह बात उसने बिना सोचे-समझे, जाने-बूझे अनायास कैसे कह दी ? मगर जाने क्या बात है, कहकर उसे दुख या पछतावा नहीं हुआ।

शोभा चुपचाप उसकी ओर अचरज से देखने लगी, जैसे उसे विश्वास न आ रहा हो।

"क्यों, क्या हुआ ?" लाली ने पूछा। "तुम सोच रही हो। संतरी ने मेरे लिए जो कुछ कहा था, वह सब इस समय याद आ रहा है न?" लाली के होंठों पर एक व्यंग्य-भरी मुस्कराहट आई। उसके होंठ घृणा से विकृत हो गए, तुम ज़रूर सोचती हो। "आख़िर लाली ने वही" अस्त्र अपनाया जो वह हर छोकरी के साथ...

शोभा ने उसके मुंह पर हाथ रख दिया। "नहीं, लाली साहब, मुझे उन बातों की बिल्कुल परवाह नहीं है।" जितनी जल्दी उसने हाथ रखा था, उतनी ही जल्दी उसने हाथ हटा लिया, क्योंकि लाली के होंठ जल रहे थे। उसे बड़ी हैरत हुई, लाली के होंठ सूखे थे और जल रहे थे, जैसे उसका अपना दिल जल रहा था।

लाली बोला, "पर तुम मेरे ऐसे आवारा छोकरे से शादी नहीं करोगी ? नहीं करोगी ना ?"

शोभा रुक-रुककर बोली और उसकी आंखों में आंसू आ गए, फिर भी वह उन्हें पीकर बड़े गंभीर स्वर में बोली, "अगर मैं...किसीसे प्यार करूं, तो फिर वह चाहे कैसा भी हो—फिर चाहे मैं मर ही क्यों न जाऊं—उसके लिए।"

एक शैतानी मुस्कराहट से शोभा की ओर देखकर लाली बोला, "मान लो, तुम्हारे पर्स में कुछ पैसे हैं, उन्हें अगर मैं ले लूं तो ?"

"तो ले लो," शांत स्वर में शोभा ने जवाब दिया।

लाली का शैतान भाग गया, मगर लाली को उसके जाने का दुख था। क्यों भाग गया इस समय वह, यही तो समय था उसके पास ठहरने का, जब यह बेबस लड़की उसके पास बैठी है। ऐसे समय में अगर शैतान पास न हो तो इन्सान कुछ नहीं कर पाता।

यकायक लाली उदास हो गया। कार्निवाल के दूधिया लट्टुओं को अशोक के पेड़ों के ऊपर डोलते, डोलते, उभरते, हवा में मोतियों की लड़ी की तरह झुलते देखकर उदास स्वर में बोला, "बस, मुझे इतना कहना है... कि...उसके पास वापस चले जाना है। वह फिर मुझे काम पर रख लेगी, अपने बूथ में – बड़ी ख़ुशी से। मुझे बस उसके पास जाना होगा।"

रात के बढ़ते हुए अंधेरे में लाली का उदास चेहरा देखकर शोभा उसके बाज़ू से लग गई, और नर्म और मद्धिम आवाज़ में बोली, "उसके पास मत जाम्रो।"

लाली के नथुने आहिस्ता से फैलने लगे। कहीं से रात की रानी की सुगंध आ रही है, उसने दिल में सोचा। यकायक वह होशंगबाई को भूल गया, क्योंकि वह साफ़-सुथरे कपड़ों और नर्म-नर्म ख़ुशबुओं का प्रेमी था। उसने सांस ज़ोर से अन्दर खींचकर कहा, "आह, कितनी मस्त ख़ुशबू है, कहां से आ रही है ?"

शोभा ने धीरे से अपनी एक उंगली उसके हाथ पर रख दी, और विनय-भरे स्वर में बोली, "उसके पास मत जाओ।"

"वह मुझे वापस बुला लेगी, फिर से काम पर रख लेगी, मैं जानता हूं, क्यों।"

शोभा ने अब दूसरी उंगली उसकी बांह पर रख दी, फिर तीसरी, फिर चौथी, और अब पांचवीं भी, पांचों उंगलियां उसकी बांह पर थीं और उनमें भीगे फूल की पत्तियों जैसा स्पर्श था। लाली यकायक उसके सर पर झुक गया और धीरे से सांस खींचकर ख़ुशी से बोला, "नहीं, यह ख़ुशबू तो तुम्हारे

बालों से आ रही है।... रात की रानी।"

शोभा ने हाथ शून्य में बढ़ाकर कहा, "यह फूल हवा ला रही है।''

लाली ने भी हाथ बढ़ाकर अपनी हथेली उसकी हथेली के साथ लगा दी। बढ़ती हुई रात में हवा के तेज़ झोंके फूल गिरा रहे थे। सचमुच लाली ने देखा कि बेंच पर झुकी हुई झाड़ियों, बेलों, लताओं और पेड़ों से अनगिनत सफेद फूल गिर रहे हैं—शोभा के बालों में, लाली के कंधों पर और उन दोनों की खुली हथेलियों में मनुष्य की उज्ज्वल कामनाओं की तरह चमक रहे हैं। प्रेम का विश्वास भरा सांस लेकर लाली ने शोभा के कंधे पर हाथ रख दिया, और रात गहरी होती चली गई।

5

चाची महंती लोहे की कोयलों से भरी सीगड़ी हाथ में लेकर लकड़ी के शेड से बाहर ले जाकर सुलगाने लगी, क्योंकि उसका रसोईघर बहुत छोटा था, और अंगीठी सुलगाते समय धुएं से भर जाता था।

अंगीठी सुलगाने से पहले उसने सड़क के किनारे-किनारे दूर-दूर तक देखा। लाली का कहीं पता न था।

तीन महीनों से वे दोनों शोभा की चाची महंती के लकड़ी के शेड में पड़े हुए थे, क्योंकि लाली को अभी तक कहीं काम न मिला था। और काम मिले भी कैसे, चाची महंती ने ग़ुस्से से कोयलों में फूंक मारते

हुए सोचा। काम ढूंढ़ने की कोशिश की जाए तो कहीं न कहीं मिल ही जाता है। मगर मगर...। ये कोयले इतने भीगे हुए हैं, देवी की मार पड़े इस कोयला बेचने वाले कमबख़्त बनिये पर। न तोल का पूरा, न मोल का सच्चा। चाची महंती ज़ोर-ज़ोर से फूंकने लगी। उसके दाएं गाल पर जो मस्सा था, उसपर उगे हुए बाल गालों में हवा भर ज़ाने से बड़े ही हास्यास्पद ढंग से हिलते थे। चाची महंती का चेहरा बहुत-कुछ चर्चिल से मिलता जुलता था, और बात-बात पर उन्हें गुर्राने की आदत थी। चाची महंती का बेटा चंदन एक औसत दर्जे का मामूली फोटोग्राफ़र था। उसका स्टुडियो कार्निवाल पार्क से लगे हुए सड़क के किनारे इस पुराने खस्ता हाल वाले टूटे-फूटे लकड़ी के शेड में था, जिसपर टीन की छत थी। यह शेड देखने में वैसे बहुत पुराना और टूटी-फूटी हालत में था, मगर चंदन के काम के लिए बहुत ठीक था। एक ख़ासा बड़ा हाल था, जिसमें चंदन ने स्टूडियो बना रखा था। पीछे डार्क-रूम था, जिसपर काले रंग का पर्दा पड़ा रहता था, और उसके ऊपर लाल बत्ती जलती रहती थी। उसके पास ट्राईपाड पर एक कैमरा रखा रहता है, और बाईं ओर दो रंगीन पर्दे। एक पर्दे में झरना गिर रहा है। वे शहरी लोग, जिन्होंने आज तक किसी झरने की सूरत नहीं देखी, जिनकी सारी ज़िन्दगी अंधेरी गलियों में बीत जाती है, इस झरने के किनारे खड़े होकर तस्वीरें खिंचवाने में एक अनोखे हर्ष और आनंद का अनुभव करते हैं। दूसरे पर्दे पर चीते की तस्वीर बनी है और उसके ऊपर काले पर्दे की ऐसी महराब बनी है जो पीछे से खुलती है। ग्राहक पर्दे के पीछे से आता है और चीते पर एक टांग रखकर फ़ोटो खिंचवाता है। लगता है, शेर की सवारी कर रहा है। जिन्होंने ट्राम या बस के सिवा आज तक किसी और चीज़ की सवारी नहीं की, वे सब कमज़ोर दब्बू लेकिन अंदर से बेहद ऐडवेंचर की इच्छा रखने वाले लोग शेर पर बैठकर फोटो खिंचवाते हैं,

और चंदन का स्टूडियो अधिकतर इस सवारी के पोज़ पर चलता है।

डार्क-रूम और रसोई के बीच में जो जगह बच गई है, वहां एक पुराना और फटे कपड़े का सोफ़ा पड़ा है, जो रात को लाली के लिए सोने के बिस्तर का काम देता है। इस सोफ़े के पीछे खिड़की खुलती है, उसमें खड़े होकर आप कार्निवाल की रोशनियां देख सकते हैं और पेड़ों से ऊपर फ्लाईव्हील और मेरी-गो-राउंड के चक्कर भी दिखाई देते हैं। और जब कभी-कभी हवा का रुख़ इधर का होता है, तो कार्निवाल का कुहराम, उसका संगीत और बार्करों की आवाज़ें भी सुनाई दे जाती हैं। लाली को यह जगह बहुत प्रिय है। रात को यहीं सोया है, दिन को अपने दोस्तों के साथ यहीं ताश खेलता है, जब कि शोभा किचिन में काम करती है और चाची महंती बड़बड़ाते हुए हर एक पर हुक्म चलाते हुए, कभी शोभा का हाथ बंटाती है, कभी चंदन के डार्क-रूम में जाकर वहां का काम करती है।

जब अंगीठी से लपटें निकलने लगीं, तो चाची महंती के फूले गालों को कुछ आराम मिला, खड़ी होकर पहले तो उसने अपनी कमर सीधी की, फिर अपनी मैली हरी साड़ी को घुटनों से ऊपर ऊंचा करके कूल्हों में ठूंस लिया, फिर सीगड़ी उठाके सड़क के आर-पार, आगे-पीछे दोनों ओर देखा, ग्यारह बज गए थे लेकिन लाली का कहीं पता न था। और यह माटी-मिली उसकी भतीजी भी लाली पर ऐसी रीझी थी कि उसे छोड़ने का नाम तक न लेती थी। वैसे क़सम ले लो, अगर इन तीन महीनों में एक छदाम भी लाली कहीं से कमा के लाया हो, बस पड़ा-पड़ा रोटियां तोड़ता है—आवारागर्द कहीं का। रात से नहीं आया। चाची अंगीठी उठाकर वापस शेड में घुस गई, जिसके बाहर 'चन्दन स्टूडियो प्रिंट' लगा था। क्यों वह लाली और शोभा को इस घर से बाहर नहीं निकाल देती ? कौन-सी शोभा उसकी सगी भतीजी है ! बस उसे

चाची कहती है। कभी जब बेकार होती, तो उसके घर आकर रहती है; जब काम पर होती तो अपनी पगार के रुपये उसके पास रख देती है। शोभा से उसे इन सात वर्षों में कोई शिकायत पैदा नहीं हुई है। शोभा सचमुच दिल की अच्छी और शरीफ़ है, मगर लाली...

चाची महंती अंगीठी उठाए, शोभा और रसना के पास से बुदबुदाते हुए चली गई। शोभा और रसना दोनों इस समय एक चटाई बिछाए बीच में थाली में आलू काटती जाती थीं और प्याज़ छीलती जाती थीं।

रसना और शोभा दोनों ने चाची को किचिन की ओर जाते हुए देखा और एक-दूसरे की ओर ख़ामोश लेकिन अर्थपूर्ण निगाहों से देखकर मुस्करा दीं।

रसना बोली, "मैं उस दिन विलियम के कार्निवाल गई थी। वहां मैंने सुना कि लाली ने गिरधर दादा को बहुत मारा।"

"मारा...?" शोभा गर्व से बोली। "मार-मार के बिछा दिया, ढेर कर दिया।"

"पर मैंने सुना है गिरधर दादा तो उससे बहुत तगड़ा है।"

"लड़ाई-झगड़े में खाली तगड़े होने से काम नहीं चलता। उसमें तेज़ी और होशियारी चाहिए। जो पहल कर दे, वही जीत जाता है। और तुम जानती हो, लाली पहल करने में बहुत तेज़ है।"

रसना ने एक आलू के चार टुकड़े किए, फिर दूसरे आलू पर चाकू की धार रखकर बोली, "मैंने सुना है पुलिस लाली को पकड़कर थाने ले गई थी ?"

शोभा ने ढिठाई से कहा, "हां, फिर दूसरे दिन छोड़ दिया। इन तीन महीनों में जब से हम चाची महंती के यहां रहने के लिए आए हैं, लाली दो बार पकड़ा गया है। दोनों बार छूट आया।"

"पर पुलिसवालों ने छोड़ कैसे दिया ?" रसना ने पूछा।

शोभा ने भोलेपन से कहा, "क्योंकि उसका कोई दोष नहीं था।"

रसना को विश्वास न आया। वह कुछ कहने को थी कि चाची महंती किचिन से अपने बड़े-बड़े कूल्हे मटकाती, बल्कि डगमगाती, निकली और दोनों सहेलियों के सर पर आकर खड़ी हो गई और दोनों हाथ कूल्हों पर रखकर बोली, "बातें ज़्यादा हो रही हैं, और काम कम हो रहा है।"

"नहीं चाची," शोभा ने इत्मीनान से थाली हाथ में उठाते हुए कहा। "आलू तो छीलकर काट दिए, थोड़ी-सी प्याज़ बाक़ी है।"

"प्याज़ भी जल्दी से काट के दो।" चाची बोली, "वह तेरा ख़सम अभी आता होगा। रातभर से ग़ायब है, मगर सुबह खाने के समय डकारने के लिए आ जाएगा। दिन में चार-पांच बार चाय पिएगा, मगर काम नहीं करेगा। आज कोयले भी खलास हो गए। कल से कोयलों की नई गोनी आएगी और राशन भी। मगर वह काम नहीं करेगा, न तुझे कहीं काम करने देगा क्योंकि इससे उसकी शान घटती है। ऐसा हट्टा-कट्टा नौजवान मगर दिन-रात पड़ा सोता रहेगा, शर्म नहीं आती इस निखट्टू को।" शोभा घुटे स्वर में बोली, "चाची, उसे कुछ मत कहो।"

"क्यों न कहूं—निखट्टू, निकम्मा, कामचोर, पड़ा-पड़ा रोटियां तोड़ता है। इस घर में न होता, तो अब तक जेल में होता। तेरे कारण चुप हूं, मगर..." ग़ुस्से से आगे कुछ बोला न गया।

चाची महंती ने आलुओं-भरी थाली शोभा के हाथ से उचक ली और वापस किचिन में चली गई।

जब चाची चली गई तो रसना ने कहा, "बहुत गरम स्वभाव की है तुम्हारी चाची।"

शोभा सर झुकाकर बोली, "ज़बान खराब है, मगर दिल सोने का है इसका। यह सब-कुछ लेकर आती है हमारे लिए। यह न होती तो जाने आज

हमारी क्या हालत होती।"

रसना ने प्याज़ की गंठी को ध्यान से देखा फिर बोली, "मालूम ?"

"क्या ?"

"वह फ़ौजी नहीं है।"

"अच्छा।"

"हां।"

"तुम रोज़ उससे मिलती हो ?" शोभा ने यों ही पूछा। असल में उसे उसके इस क़िस्से में कोई दिलचस्पी नहीं थी। रुक-रुककर रसना बोली, "उसने परसों......"उसने प्रपोज़...।"

"मां......?" शोभा को अब दिलचस्पी होने लगी, "तुमसे मैरिज बनाना चाहता है ?"

"हां, ऐसा बोलता है।"

"तो तुम क्या बोलती हो ?"

रसना ने शेखी बघारते हुए कहा, "सुनो, अब मैं मंगलौर के ईसाई गांव की भोली छोकरी नहीं रही हूं। मैं भी अब बाम्बे की छोकरियों की तरह सब जान गई हूं, सब। मालूम, अब मैं उससे फ़्लर्ट करती हूं।"

"फ़्लर्ट...?" शोभा को हंसी आने लगी, मगर उसने अपनी हंसी रोक ली, कहीं रसना नाराज़ न हो जाए। मगर रसना अपनी ख़ुशी में मगन थी। उसे अपनी मुहब्बत की कहानी सुनाने की धुन और जल्दी थी। उसे कुछ और सूझ ही नहीं रहा था। इसलिए उसने शोभा की आंखों की चमक और होंठों की उपहासभरी मुस्कराहट पर कोई ध्यान नहीं दिया। बोली, "हां, वह जब कहता है, 'चलो पार्क में चलो,' तो मैं बोलती हैं, 'नहीं।' वह फिर मुझे मसका लगाता है। बोलता है, 'पार्क में चलेगी तो नया स्कार्फ़ लेके दूंगा।' फिर भी मैं नहीं जाती उसके संग पार्क में। बस, इधर-उधर घूम-फिरकर

वापस लौट आती , और दरवाज़े के बाहर उसे रोककर गुडबाई कर देती हूं।" इतना कहकर रसना ज़ोर से हंसी।

शोभा बोली, "इसको तुम फ़्लर्टिंग बोलती हो ?"

"हां," रसना ने बड़े मजे से सर हिलाकर जवाब दिया। "पाप है यह, बहुत बड़ा सिन है, पर बड़ा मज़ा आता है फ़्लर्टिंग में।"

शोभा ने बात का बहाव पलटने के लिए पूछा, "कभी लड़ती भी हो ?"

रसना नाटकीय ढंग से बोली, "हां, जब मुहब्बत तूफ़ान की तरह उमड़ती है, जैसे फ़िल्म 'पैशनेट लव' में हम दोनों ने देखा था। न, याद है तुमको ?"

"हां।"

"बस, उसी तरह वह मेरा हाथ अपने हाथ में लेकर पहले तो गार्डन में घूमता है मेरे संग, फिर घूमते-घूमते मुझसे कहता है, 'आओ, हम दोनों हाथ झुलाते गुड़हल के पेड़ों के नीचे चलते जाएं।' पर मैं उसको कभी-कभी मना कर देती हूं। फिर वह मेरी ख़ुशामद करता है। फिर मैं मान जाती हूं। फिर हम दोनों हाथ झुलाते हुए गुड़हल की सुनहरी फूलोंवाली डाली के नीचे चले जाते हैं और वहां पर मेरी कमर में हाथ डाल देता है, बिल्कुल फ़िल्म 'पैशनेट लव' के उस सीन की तरह, जिसे हम दोनों ने देखकर बहुत पसंद किया था, याद है न ? वैसे यों करना भी पाप है, मगर बड़ा मज़ा आता है।"

"तुम्हें खुशी जो मिलती है," शोभा ने ईर्ष्या-भरे स्वर में कहा।

"बहुत"—रसना जल्दी-जल्दी बोलने लगी, क्योंकि यही बातें तो वह आज शोभा से करने आई थी और इन बातों से उसका दिल ही नहीं, पेट भी भरा हुआ था। इसलिए जल्दी से एक लम्बी सांस लेकर बोली, "मगर सबसे ज़्यादा खुशी मुझे आइडियल लव में मिलती है।"

"वह क्या होती है ?" शोभा ने पूछा।

रसना बोली, "मैंने एक किताब में पढ़ा था, वह सबसे अच्छी क़िस्म की लव होती है। और संडे की शाम को होती है। जब हम फ़्लर्टिंग और 'पैशनेट लव' से छुट्टी पाके किसी कोने में जहां कोई दूसरा न हो अकेले एक-दूसरे के साथ किसी घनेरे कुंज के बेंच पर बैठ जाते हैं। वह अपना गाल मेरे गाल से लगा देता है और ज़ोर से मेरा हाथ अपने हाथ में पकड़ लेता है। पहले तो हम दोनों की सांस तेज़-तेज़ चलने लगती है फिर गाल को गाल से लगाए जैसे हम दोनों को नींद आने लगती है, और घंटों इस तरह चुपचाप बैठे-बैठे हम ओस से भीग जाते हैं।"

यों कहते-कहते रसना ख़ुद इस काल्पनिक दृश्य में डूब गई। उसने धीरे से आंखें मूंद लीं और कई क्षण इसी तरह खोई-खोई बैठी रही। फिर यकायक उसने आंखें खोलके कहा, "इसको कहते हैं आइडियल लव, और यह प्रेम सबसे अच्छा होता है।"

रसना चुप हो गई। शोभा ने एक आह भरी। धीरे से कहा, "वह कल रात का गया हुआ है, अभी तक नहीं आया।"

"मालकिन ने कहा था, लिज़ी को नुमाइश से वापस टैक्सी में लेकर आना, पर मैं तो उसे बस में लेकर आई, यह पौने चार रुपये बच गए हैं, इन्हें तुम रख लो।"

रसना ने इतना कहकर अपना पर्स खोलकर वे रुपये निकाले। शोभा ने लेकर कहा "तो यह मिलाकर तुम्हारे मुझपर कुल बाईस रुपये नौ आने हो गए।"

"हां, बाईस रुपये नौ आने।" रसना को यह सुनकर धैर्य हुआ, क्योंकि उसे शुबहा था, कहीं शोभा को पूरी रक़म याद न हो। शोभा ने वे रुपये अपने छोटे-से पर्स में डालकर कहा, "अगर वह काम करना शुरू कर दे तो क्या मुश्किल है ?"

"क्यों नहीं करता ?"

"कहता है और कोई काम आता नहीं मुझे।" और अब कार्निवाल में वापस जाऊंगा नहीं। और दूसरे सब... काम" शोभा अफ़सोस से सर हिलाकर बोली जैसे लाली की मूर्खता पर अफ़सोस ज़ाहिर कर रही हो —"दूसरे सब काम उसे घटिया लगते हैं, इसलिए कुछ नहीं करता। बस पड़ा रहता है।"

"बुरी बात है।"

"बोस बाबू ने नई कुक रख ली ?"

"तीन बदल चुके हैं। जब से तुम गई हो, तीन बदल चुके हैं," रसना ने दोहराया। फिर रुककर बोली, "मेरे विलियम ने सिनेमा की चौकीदारी छोड़ दी है, अब वह म्युनिसिपल कार्पोरेशन में नौकर हो गया है, अब उसको म्युनिसिपल क्वार्टर भी मिल गया है।"

"मैं कहती हूं..." शोभा का मन अभी तक वहीं लाली में अटका हुआ था—"मैं कहती हूं, तुम फिर से कार्निवाल में काम कर लो, मगर वह नहीं मानता। मैं पूछती हूं क्यों ? तो मुझे मारने लगता है।इस सोमवार को उसने मुझे बहुत मारा।"

"तुम भी मारतीं उसे..."

"नहीं, मैंने कुछ नहीं कहा," शोभा दुखी स्वर में बोली। "वह मुझे मारता रहा और मैं रोती रही।"

"उसको छोड़ दो," रसना ने क्रोध से कहा।

"दिल नहीं मानता, क्या करूं ? मार खाके भी उसके चेहरे की ओर देखती हूं तो सारा ग़ुस्सा भूल जाती हूं। तुम्हारी जगह होती तो छोड़ देती। कभी उसका मुंह न देखती। और..." शोभा कहते-कहते रुक गई, क्योंकि किचिन से अब चाची महंती हाथ में गरम पानी की केतली लेकर निकल आई थी। वैसे रसोई से उसका रास्ता डार्क-रूम को सीधा जाता था फिर

भी वह चक्कर काटकर इन दोनों लड़कियों के पास से निकली और निकलते-निकलते रुककर गुर्राते हुए बोली, "सारा दिन ताश खेलेगा, दादा बनकर लोगों का सर फोड़ेगा, ग़रीब छोकरियों से पैसे ऐंठ लेगा। पुलिस देखती है मुंह दूसरी तरफ़ फेर लेती है। जाने क्या हुआ हैं, कोई उसे ठीक नहीं कर सकता।"

शोभा और रसना दोनों सर झुकाए चुप रहीं।

यकायक चाची महंती भड़ककर बोली, "सुबह-सुबह बसंता बढ़ई आया था।"

शोभा ने बात बदलने के लिए बड़ी नर्मी से पूछा, "यह पानी चाय के लिए है ?"

चाची पानी की केतली पीछे करते हुए बोली, "बसंते बढ़ई की अपनी वर्कशाप है। वह छः फुट ऊंचा है, तगड़ा, सांवला, रंडवा, दो बच्चों का बाप है। बीवी मर गई है तो क्या हुआ, वह अभी जवान है और मेहनती है। और शकल-सूरत का भी अच्छा है। कमाई भी अच्छी-ख़ासी है। रोज़-रोज़ शोभा के लिए पूछता है।"

शोभा ने बात टालने के लिए रसना से कहा, "वह बाईस रुपये नौ आने नहीं होते हैं, बाईस रुपये तेरह आने होते हैं।"

"हां," रसना ने दिल ही दिल में हिसाब जोड़ते हुए कहा, "बाईस रुपये तेरह आने ही होते हैं।"

चाची फिर गुर्राकर बोली, "वह बढ़ई पांचवीं बार यहां आया है। वह तुमसे शादी बनाना मांगता है। तुम काहे के इस भुक्कड़ से चिमटी बैठी हो ?"

"ठीक है, बसंता के दो बच्चे हैं, जो पहली बीवी छोड़ गई, पर..."

शोभा ने चाची की बातों से उकताकर कहा, "चाची, तुम क्यों हलकान होती हो ? केतली रख दो, मैं चाय ख़ुद बना लूंगी।"

"बसंता बाहर खड़ा है, तेरा रास्ता देख रहा है।"

"उसे कह दो, चला जाए,' शोभा थके हुए स्वर में बोली।

"वह फिर आ जाएगा," चाची बोली, "और होगा क्या ? तेरा धाकड़ लाली उसे देखकर ग़ुस्से में लड़ने-झगड़ने—मार-धाड़...मैं तो तंग आ गई हूं उससे। जब देखा झगड़ा, लफड़ा।" फिर रसना की और देखकर बोली, "जानती हो, इस बेचारी को धरके पीट दिया पिछले सोमवार को। गुंडा है गुंडा, और पुलिस भी कुछ नहीं कहती ऐसे लोगों से।"

रसना चुप रही और शोभा भी चुप रही। दोनों तरफ़ से वार खाली देखकर चाची बड़बड़ाती हुई डार्क-रूम में गरम पानी की केतली लेकर चली गई। उसके जाने के बाद रसना ने पूछा "कोई बढ़ई तुम से शादी बनाता है ?"

"हां।"

"तो तुम ना क्यों बोलती हो ?"

"इसलिए कि..."

"लाली तुझको कमा के नहीं खिलाता," रसना बढ़ते हुए ग़ुस्से से बोली, "ऊपर से मारता भी है। तू सब कुछ सहती है और कुछ नहीं बोलती है। क्योंकि उसका नाम लाली है।"

"नहीं, वह दिल का बुरा नहीं है," शोभा ने गहरे निश्वास से कहा।

रसना ने पूछा, "उस दिन तुम दोनों पार्क में बैठे थे, और मुझे भेज दिया था, उस दिन उसने जरूर मीठी-मीठी बातें की होंगी।"

"हां..." शोभा की आंखों में खूबसूरत यादों की चमक आनें लगी। "उस दिन वह बहुत मीठा था और मेहरबान।"

"फिर एकदम जंगली हो गया ?" रसना ने पूछा।

"कभी-कभी वह एकदम जंगली और वहशी हो जाता है।" शोभा के चेहरे पर परस्पर-विरोधी भावनाओं की लहरें दौड़ने लगीं। "पर उस रात वह बहुत मीठा था। अब भी वह कभी-कभी बहुत नरम और मीठे स्वर में बातें

करता है। रात को खाना खाके—जब वह उस खिड़की से सर निकालकर कार्निवाल का संगीत सुनता है तो उसकी बड़ी-बड़ी आंखों में अजीब नर्मी आ जाती है।"

"उस टाइम कुछ कहता है तुमसे ?"

"कुछ नहीं कहता है, बस, दूर कहीं देखने लगता है।"

"तुम्हारी आंखों में ?" रसना ने पूछा।

"बस, एक पल के लिए," शोभा ने उसे बताया, "फिर वह आंखें चुरा लेता है।"

शोभा ने रसना से आंखें चुरा लीं क्योंकि लाली को याद करते-करते उसका मन भर आया था। अपने आंचल से उसने एक आंसू पोंछकर कहा, "रसना, वह बहुत दु:खी है, क्योंकि उसके पास कोई काम नहीं है, इसलिए ग़ुस्से में आकर उसने मुझे पिछले सोमवार को पीट दिया।"

"यह क्या बात हुई ?" रसना ने घृणा से सिर हिलाकर कहा। तुमको इसलिए पीटता है कि उसके पास काम नहीं है ? बदमाश !"

"हर समय उसके दिल पर बोझ-सा रहता है, कभी-कभी मैं भी अपने को दोषी समझने लगती हूं, मेरी वजह से उसकी नौकरी गई।"

"तुमको कहां-कहां चोट लगी है?" रसना ने पूछा।

"कहीं नहीं," शोभा बोली। रसना ने ध्यान से उसकी ओर देखा, फिर यह देखकर कि शोभा उसकी तरफ़ नहीं दरवाज़े की तरफ़ देख रही है, उसने भी गरदन मोड़कर उधर देखा तो उसे मिसेज़ होशंगबाई दरवाज़े पर खड़ी नज़र आई। उसने एक बड़ी सुंदर हरे रंग की साड़ी पहन रखी थी, जिसपर आम के पत्ते ज़रदोज़ी के काम से कढ़े हुए थे। हाथों में मीना के काम की जहांगीरियां थीं और चेहरे पर उम्दा मेक-अप था। नख-शिख से दुरुस्त होके हर तरह से तैयार होके आई है मुरदार, रसना ने सोचा। यह औरत काहे को है, गिद्ध है गिद्ध। लाली ऐसे नौजवान

लड़कों को नोच-नोचकर खाती है।

शोभा मिसेज़ होशंग को दरवाज़े से आगे आते देखकर सम्मान देने के लिए खड़ी हो गई।

मिसेज़ होशंगबाई ने पूछा, "लाली घर पर है ?"

"नहीं," शोभा ने जवाब दिया।

मिसेज़ होशंगबाई उस सोफ़े पर बैठ गई जो खिड़की के बिल्कुल सामने रखा था, बोली, "मैं उसका वेट करूंगी।"

रसना से रहा नहीं गया। उसने बड़े तीखे स्वर में पूछा, "बड़ी हिम्मत है तुम्हारी, इस घर में आई हो।"

होशंगबाई उसे डांटकर बोली, "क्या तुम इस घर की मालकिन हो ? ज़बान संभाल के बात करो, नहीं तो एक हाथ दूंगी।"

"मगर काहे को शोभा के घर में आई हो, मैं पूछ सकती हूं ?" रसना ने फिर कहा।

"तुमसे मतलब ?" होशंगबाई भड़ककर बोली। फिर शोभा को संबोधित करके ज़रा नरम लहज़े में बात करने लगी, "तुम इस छोकरी की बातें मत सुनो, डार्लिंग, मैं...तुम जानती हो क्यों आई हूं; मैं उस लोफ़र-निकम्मे-टुच्चे को काम देने आई हूं। वह मेरे बूथ पर आकर अपना काम शुरू कर सकता है।"

रसना बोली, "मालूम ?...वह तीन महीने से तेरे बूथ पर नहीं गया है, तो क्या भूखा मर गया ?"

"तुझसे कौन बात करता है," मिसेज़ होशंग ने रसना की ओर से मुंह फेर लिया और शोभा को बड़े मीठे और प्यार-भरे लहज़े में समझाने लगी, "मगर तुम तो मुझे समझती हो।"

रसना को क्रोध आ रहा था। एकदम खड़ी हो गई। उसे शोभा का यों चुप रहना बिल्कुल अच्छा न लगा। वह खड़ी होकर शोभा से बोली, "मेरा घर होता तो मैं एकदम इसे घर से बाहर निकाल देती। वह तो मैं कर नहीं

सकती, पर चली जाती हूं, गुडबाई !"

शोभा के कुछ कहने से पहले मिसेज़ होशंग ने कटाक्षभरे लहज़े से कहा, "गुडबाई !" और बड़ी शिष्टता से झुकी रसना के सामने, मानो उसे दरवाज़ा दिखा रही हो।

रसना दरवाज़े तक ग़ुस्से में भिन्नाते हुए गई, फिर मुड़कर शोभा से बोली, "तेरह आने।"

"हां,' शोभा बोली, "तेरह माने।"

"गुडबाई !" रसना हाथ हिलाकर बाहर निकल गई।

शोभा सर झुकाए दरवाज़े से किचिन की ओर चलने लगी। किचिन की तरफ़ जाने के लिए उसे हाल की लंबाई का पूरा रास्ता चलना था और मिसेज होशंगबाई के पास से भी निकलना था। और यही काम सबसे कठिन था। वह उसकी सूरत तक देखना नहीं चाहती थी, मगर वह रसना की तरह मुंहफट भी नहीं थी। ऐसे जो कुछ रसना ने कहा, एक तरह से शोभा की तरफ़ से ही कहा था। वह सब बातें सुनकर भी यह औरत यहां से नहीं जाती, बल्कि सोफ़े पर बैठकर उसका इंतज़ार कर रही है, तो मैं क्या कर सकती हूं। बस, यही कर सकती हूं कि चुपचाप सर झुकाए हाल कमरे के दरवाज़े से पूरा रास्ता पार करके दूसरे कोने में रसोई में चली जाऊं।

शोभा हौले-हौले सर झुकाए चलने लगी। उसके कानों में मिसेज़ होशंग की आवाज़ आने लगी, "मैं उसे रोज़ के तीन रुपये देती थी, "वह कह रही थी।

"और संडे के संडे, पांच रुपये देती थी। सिगरेट अलग, ठर्रे की बोतल अलग। ग्राहक से जो टिप मिलता था वह अलग। सुनती हो" ?' शोभा चलते-चलते रुक गई, मगर उसने कोई जवाब नहीं दिया। होशंगबाई ने फिर शुरू किया, "इसपर भी वह भूखा मरेगा, मगर मुझसे माफ़ी नहीं मांगेगा। अच्छा, गोली मारो माफ़ी को। उसे बोलो, मेरे पास

वापस आ जाए।" शोभा के दिल पर घूंसा-सा लगा,। "सब लड़कियां उसे पूछती हैं," मिसेज़ होशंगबाई की आवाज़ ऊंची हो गई। उसमें ईर्ष्या और जलन की भावनाएं लहरें लेने लगीं। उसके स्वर में तारीफ़ भी थी, मगर ईर्ष्या भी थी और क्रोध भी। "और बार-बार पूछती हैं," वह कहने लगी। "मेरी जूती से ! वह भूखा मरे या इस गंदी खोली में रहे। पर ग्राहक उसको पूछते हैं। और मुझे बिज़नेस करना है। इसलिए मैं आई, वर्ना मेरी जूती को पड़ी थी..."

यकायक मिसेज़ होशंग चुप हो गई, क्योंकि उसने शोभा का बदलता हुआ चेहरा देख लिया था, शोभा जो अब तक चलते-चलते किचिन तक पहुंच गई थी, यकायक किसी अंदरूनी खुशी से खिलकर गुलनार हो गई। वह रसोईघर से दौड़ी-दौड़ी फिर दरवाज़े तक गई, क्योंकि वहां लाली खड़ा था। दौड़कर वह लाली पर अपनी बाहें रखना ही चाहती थी कि ख़ामोश होकर खड़ी हो गई, क्योंकि लाली के पीछे-पीछे उसका दोस्त झग्गा आ रहा था, जो शक्ल-सूरत से आदी मुज़रिम दिखाई देता था, और जिसके साथ लाली दिन भर ताश खेलता था या जिसके साथ लाली विभिन्न अड्डों पर जाकर शराब पीता था।

झग्गा दुबला-पतला, बड़ी धूर्ततापूर्ण आंखों वाला आदमी मालूम होता था, जिसकी उम्र तीस से पचास वर्ष तक हो सकती थी। उसकी सूरत से ठीक उम्र का पता लगाना बहुत कठिन-सा था। उसका चेहरा बुड्ढा था पर शरीर बेहद जवान और लचकीला था, लचकीला जैसे सांप, जैसे नट, जैसे बिल से बाहर निकलता हुआ कोई खतरनाक कीड़ा। उसे देखकर, उसके बदबूदार कपड़ों को देखकर, उसके बिखरे बालों को देखकर, इन्सान से ज़्यादा किसी भयानक और ख़तरनाक पशु का ध्यान आता था। शोभा को उससे बड़ी घृणा थी और झग्गा भी कभी उसकी निगाहों का सामना नहीं करता था। सदा आंखें

चुराकर, बदन छुपाकर बात करता था। शोभा खुशी से फूली हुई आगे बढ़ते-बढ़ते रुक गई, और संजीदा होकर लाली से बोली, "होशंगबाई आई है।"

"हां, देख रहा हूं," लाली ने बड़ी सख़्ती से कहा।

"तो बात करो उससे, शोभा फिर बोली।

"किस वास्ते ?" लाली भड़ककर कहने लगा। "और तुम यहां क्यों खड़ी हुई मेरा मुंह तक रही हो ? क्या चाहिए तुमको ?"

"कुछ नहीं," शोभा डरते-डरते बोली।

"तो अपना मुंह बंद रखो," लाली झल्लाकर बोला। "वर्ना अभी कहने लगेगी, कहां थे रात भर ? किधर गए थे ? घर पर क्यों नहीं पाए ? काम क्यों नहीं करते ? मेरे सगेवालों की रोटियां तोड़ने। जाते हो।"

"मगर मैं तो कुछ नहीं कह रही हैं," शोभा आंखों में आंसू भरकर बोली।

"कह नहीं रही हो, पर ज़बान की नोक पर सब कुछ है," लाली क्रोध से बोला। "मुझे सब मालूम रहता है, इसलिए अपना मुंह बंद रखो, नहीं तो... लाली ने ग़ुस्से से हाथ उठा लिया, शोभा सहमकर दीवार से लग गई, मिसेज़ होशंगबाई भी। लाली किसी पिंजरे में बंद चीते की तरह कमरे में टहलने लगा। बाल बिखरे हुए, कपड़े मैले, दाढ़ी बढ़ी हुई, कालर उलझा हुआ, मुड़ा-तुड़ा, क्या यही लाली है ? मिसेज़ होशंग ने सोचा। फिर उसकी नज़र झग्गे पर गई। वह भी झग्गे को जानती थी।

गहरे रंग के पतलून के पांयचे चढ़े हुए, आंखों की पुतलियां तेजी से इधर-उधर फिरती हुई 'कोताह गर्दन, तंग पेशानी, हरामज़ादे की निशानी।' होशंगबाई मुंह ही मुंह में बुदबुदाई फिर भड़ककर झग्गे से कहने लगी, "तुम्हीं इसको हमेशा यहां से घसीटकर ले जाते हो, कभी जुआ

खिलाने, ताश खिलाने, कभी ठर्रा पिलाने। मैं तुमको हवालात में बंद करा दूंगी।"

झग्गे की लंबोतरी नाक के टेढ़े-टेढ़े नथुने तिरस्कार से फड़के। उसने बेहद क्रोधभरे और बलग़मी स्वर में कहा, "मैं तेरी ऐसी औरतों से बात करना नहीं चाहता।"

झग्गे ने इतना कहा और पीछे चला गया—दीवार से लगकर और मुंह मोड़कर खड़ा हो गया। दोनों हाथ जेब में डाल दिए, और ऊपर टीन की ज़ंग-लगी छत की तरफ ध्यान से देखने लगा।

शोभा ने फिर लाली से कहा, "होशंगबाई तुमसे मिलने आई है।"

"आई है तो बात क्यों नहीं करती ?"

मिसेज़ होशंगबाई बोली, "क्यों तुम हर समय इस गुंडे के संग घूमते रहते हो ? यह तुमको किसी दिन किसी चोरी-डकैती में फंसा देगा।"

"मैं कब, किसके संग घूमता हूं, तुमको इससे क्या ?" लाली कड़ककर बोला। "जो मेरे मन में आएगा, करूंगा। तुम अपनी बात करो, तुमको क्या चाहिए ?"

मिसेज़ होशंग उसकी आंखों में तकते-तकते बोली, "तुमको अच्छी तरह मालूम है, मुझे क्या चाहिए।"

"नहीं मुझे, कुछ मालूम नहीं है," लाली ने उत्तर दिया, और आंखें फेर लीं।

"नहीं मालूम ?" मिसेज़ होशंग के गाल ग़ुस्से से लाल होने लगे। "तो क्या मैं यहां क्रिसमस-कार्ड बांटने आई हूं ?"

लाली ने पूछा, "मुझे क्या तेरा पैसा देना है ?"

"हां, देना है।" मिसेज़ होशंग का स्वर बहुत अर्थपूर्ण था। "पर मैं इस समय तुमसे पैसा मांगने नहीं आई हूं। पैसा मांगने मैं क्या तेरे ऐसे धनी के पास जाऊंगी, वाह रे मेरे सेठ ! तू अच्छी तरह से जानता है, मुझे

क्या चाहिए।"

अब लाली सीधे-सीधे मतलब की बात पर आ गया, बोला, "पर तेरे पास गिरधर जो है ?"

"हां, है तो !"

"वह भी इतना ही अच्छा बार्कर है जितना मैं हूं।"

"हां, वह भी बहुत अच्छा बार्कर है," मिसेज़ होशंग ने बड़ी प्रसन्नता से सर हिलाया।

"और मैं उसको कभी हाथ से नहीं छोड़ूंगी। पर मेरे बूथ पर काम ज़्यादा है। मुझे एक नहीं, दो बार्कर चाहिए।"

लाली ने पूछा, "जब मैं था तो एक से कैसे काम चलता था ?

मिसेज़ होशँग ने इस प्रश्न का उत्तर फ़ौरन नहीं दिया। वह कुछ क्षण तक चुप रही फिर धीरे से बोली, जिसमें प्रार्थना का पुट था, "अगर तुम आ जाओ, तो मैं उसे निकाल दूंगी।"

लाल बोला, "क्यों ? अगर वह इतना ही अच्छा है तो उसे क्यों निकाल दोगी ?" लाली के चहरे पर अब शैतानी मुस्कराहट खेलने लगी थी। वह महसूस करने लगा था कि मिसेज़ होशंग की दलीलें कमज़ोर पड़ने लगी हैं। मिसेज़ होशंग ने उसकी ओर देखकर आंखें झुका लीं। उसके ऊपर के होंठ पर पसीने की बूंदें नज़र आने लगीं। लाली का दिल पिघलने लगा। उसने शोभा से कहा, "चाची से कहो, एक कप चाय दे दे।"

जब शोभा किचिन में चली गई तो वह बोला, "हूं।...तो क्या गिरधर बहुत अच्छा है ?" इतना कहकर लाली अपने पुराने सोफ़े पर बैठ गया जो खिड़की के सामने रखा था। मिसेज़ होशंग, जो खिड़की के पास खड़ी थी, अब वहां से चलकर लाली के पास सोफ़े पर बैठ गई और उसकी ओर देखकर हमदर्दी से बोली, "तुम रात को घर पर क्यों नहीं आ जाते, बाहर क्यों सोते हो ? देखो तो कैसी हालत

हो गई है तुम्हारी।"

लाली होंठ चबाते हुए बोला, "हूं, बहुत अच्छा है न वह, तुम्हारा गिरधर।"

"माथे पर से बाल हटाओ," वह बोली।

"रहने दो, तुमको क्या !"

मिसेज़ होशंग की आवाज़ धीमी पड़ गई। स्वर में अपनत्व आ गया, धीरे से उसके बाल अपने हाथ से उसके माथे से हटाकर बोली, "और अगर मैं तुमसे कहती, बाल आगे करो माथे पर, तो तुम ज़रूर पीछे हटा लेते।"

फिर जब लाली कुछ नहीं बोला, जब लाली ने उसे बालों की लट हटाने दी, तो वह और पास होकर बोली, "सुना है, तुम उसे मारते-पीटते भी हो ?"

"तुम्हें क्या ?"

"बड़े दादा बनते हो न ! उस छोटी-सी कच्ची उम्र की लड़की को पीटते हुए तुमको शर्म नहीं आती ?"

"उसकी बात मत करो। क्या तुम्हारा जी नहीं चाहता कि उसकी जगह तुम होतीं ?" लाली उसकी तरफ़ पुराने अपनेपन से देखने लगा।

मिसेज़ होशंग इठलाने लगी, बोली, "ऐसी मूर्ख नहीं हूं।" फिर यकायक चुप हो गई। कुछ सोचा, कुछ याद किया, कुछ ध्यान आया, और एक आह भरके उदास स्वर में बोली, "पर हूं तो। न होती तो तुम्हारे पीछे-पीछे क्यों भागती इस तरह ? क्या-क्या करना पड़ा है, इस बिज़नेस के लिए। अगर अपना बूथ बेच सकती तो आज ही बेचकर इस शहर से चली जाती।" फिर लाली की आंखों में आंखें डालकर बोली, "लाली, ज़िद न करो। वापस आ जाओ मेरे पास। मैं तुम्हारी पगार बढ़ा दूंगी।"

लाली चुप रहा।

मिसेज़ होशंग उसका कंधा हिलाकर बोली, "सुनते हो ?"

लाली का मन ठंडा तो हुआ, पर अच्छी तरह से नहीं हुआ। मिसेज़ होशंग के पास जाने से पहले वह उसे अच्छी तरह से झुका लेना चाहता था। "पर मेरे बिना भी तुम्हारा बिज़नेस तो उसी तरह चलता है ?"

मिसेज़ होशंग घुटे स्वर में बोली, "चलता तो है, पर उस तरह नही चलता।"

लाली का चेहरा खुशी से खिल गया, बोला, "इसका मतलब है, तुम्हें मेरी कमी महसूस होती है ?"

मिसेज़ होशंग लाली की चालाकी समझ गई, इसलिए जल्दी से पैंतरा बदलकर बोली, "मुझे ? बिल्कुल नहीं। पर बेवकूफ़ नर्सें, आयाएं, खिलाइयां, टाइपिस्ट गर्ल—वे सब छोकरियां तुम्हें पूछती हैं। अब ज़्यादा ज़िद न करो—वापस आ जाओ।"

लाली कुछ क्षण चुप रहा, फिर बोला, "और इसे छोड़ दूं ?"

"तुम इसे मारते-पीटते हो – है ना ?"

"मारता हूं—पीटता हूं, जैसे रोज़ की बात हो," लाली भड़ककर कहने लगा। "कौन तुमसे कहता है यह ? जहां जाता हूं यही सुनता हूं, सारे माहिम-बांद्रे में यही चर्चा हो रही है, मैं शोभा को मारता हूं, मैं शोभा को पीटता हूं, बस पिछले सोमवार को ज़रा-सा हाथ लगा दिया था, इसे पीटना कहते हैं ? पीटा तो मैंने गिरधर को था। याद है ? उसे भी याद ही होगा।"

लाली का मुख विजय का साकार चित्र-सा बन गया। गिरधर दादा की जो गत उसने बनाई थी, उसकी झांकियां उसके दिमाग़ में आने लगीं। उसकी गर्दन गर्व और अभिमान से तन गई। मिसेज़ होशंग ने उसके मूड को समझ के पुचकारा और बोली, "अच्छा, अच्छा, इस बात को

जाने दो।"

"पीटता हूं उसे," लाली नाराज़ होकर बोला, "वाह, मैं क्यू रोज़-रोज़ उसे पीटूंगा ?"

मिसेज़ होशंग बोली, "अरे जाने दो, क्या रखा है उस छोकरी में ! काहे के लिए इतना उसके लिए सोचते हो। तुम्हें सिर्फ़ तीन महीने हुए हैं उससे शादी किए, तुम्हारी आंखों से लगता है, तुम्हारे चेहरे से लगता है कि तुम उससे परेशान हो चुके हो, उससे उकता चुके हो। इस खिड़की से बाहर देखो।" मिसेज़ होशंग ने बड़े प्यार से उसकी गर्दन खिड़की की ओर घुमाते हुए कहा। "उसके बाहर तुम्हारा कार्निवाल है। उसकी आवाज़ सुनते नहीं हो ? पास ही में मेरा बूथ है, हमारा गुडलक व्हील—रुपया ! ऐसे बेवकूफ तो तुम कभी नहीं थे। क्या हो गया है तुम्हें ? रातभर कहां रहे ? कैसी हालत बना रखी है तुमने ?"

"तुमको क्या ?"

"तुम तो हमेशा साफ़-सुथरे रहा करते थे। एक राजकुमार की तरह। पूरे कार्निवाल में तुम्हारे ऐसा बांका एक भी न था। कहां पड़े हो ? तुम्हें मालूम, मैंने नया आर्गन ख़रीदा है ?"

"हां, मालूम है।" लाली ने किसी क़दर उदासी से कहा।

"कैसे मालूम है ?"

"इस खिड़की से उसकी आवाज़ आती है।"

"अच्छा है न ?"

"बहुत अच्छा है।" लाली ने होंठ चबाकर कहा।

मिसेज़ होशंग उसके बहुत क़रीब चली गई, गहरी सांस लेकर बोली, "उसको पास से सुनो, जब व्हील चलता है, और आर्गन बजता है, तो नशा छा जाता है। वहां आके सुनो।" फिर कुछ क्षण चुप रहकर बोली, "मैंने दो पुराने लकड़ी के घोड़े भी बदल दिए हैं। वह जिनके कान

टूट गए थे।"

"उनकी जगह क्या रखा है ?" लाली के दिल में अपने काम के लिए दिलचस्पी पैदा होने लगी।

"बूझो" मिसेज़ होशंग ने उसका कौतूहल बढ़ाने के लिए कहा।

लाली ने आंखें बन्द करके ध्यानपूर्वक अनुमान लगाते हुए कहा, "ज़ेबरा ?"

"नहीं।"

"गैडा ?"

"नहीं" मिसेज़ होशंग खुशी से चिल्ला-सी पड़ी।

"मोटर-कार।" फिर दोनों हाथ फैलाकर बोली—"यह बड़ी !"

लाली के चेहरे पर ख़ुशी की लहरें आने-जाने लगीं। मिसेज़ होशंग उसका मूड़ देखकर रद्दे पर रद्दी जमाते हुए बोली, "अगर तुममें ज़रा-भी समझ होगी, तो वापस आ जाओगे। यहां पड़े-पड़े क्यों सड़ रहे हो ? वहां तुम्हारा आर्ट तुमको वापस मांगता है।" उसने खुशामद करते हुए अपना अंतिम बाण छोड़ा, "तुम आर्टिस्ट हो आर्टिस्ट, एक शादीशुदा अहमक़ नहीं हो।"

लाली अपनी कार्निवाल की दुनिया में घूमते-घूमते रुक गया। घबराकर बोला, "उसको छोड़ दूं ? उस बेचारी नन्ही-सी मुनिया को ?"

"उसकी ज़िन्दगी भी सुधर जाएगी।" मिसेज़ होशंग बोली, "वह फिर किसी बंगले में कुक लग जाएगी, अपनी चाची के यहां नहीं पड़ी रहेगी। आ जाओ लाली, वहां तुम्हें सब कुछ मिलेगा, बढ़िया सिगरेट और बियर। रोज़ के चार रुपये दूंगी—संडे को छः रुपये दूंगी। और कार्निवाल का हंगामा—गाना—नाच—लौंडियां—छोकरियां—लड़कियां—नित-नये कपड़े—मैंने तुम्हें हमेशा अच्छा रखा है" फिर लाली की कलाई की घड़ी पर हाथ रखकर

बोली, "यह घड़ी भी मैंने तुम्हें ख़रीद के दी थी।"

लाली की आंखें सिकुड़ गई, होंठ भी सिकुड़ गए—माथा भी सिकुड़ गया। सोचते हुए बोला, "पर वह शरीफ़ लड़की है। दोबारा, किसी के घर नौकरी नहीं करेगी।"

मिसेज़ होशंगबाई धीरे से बोली, "तुम समझते हो, तुम उसे छोड़ दोगे तो मर जाएगी, ऐसे अगर लड़कियां मरने लगें तो बंबई में एक छोकरी बाक़ी न रहे।"

लाली ने सहमत होकर सीधे मिसेज़ होशंग की आंखों में देखा। मिसेज़ होशंग ने भी प्रसन्न होकर सीधा उसकी आंखों में देखा। लाली के चेहरे पर मुस्कराहट दौड़ गई। बोला, "तो गिरधर को कोई पसंद नहीं करता ?"

"उसमें वह बात कहां जो तुममें है !"

"तो ?"

"बस, अब ज़्यादा बहस न करो।" मिसेज़ होशंग पल्ला अपनी ओर झुकते देखकर उसके हाथ को अपने हाथ में लेकर बोली, "अब वापस चले चलो, तुम कार्निवाल की ख़ूबसूरत ज़िंदगी के लिए बने हो। यहां इस खोली में सड़ने के लिए नहीं। वह ज़िंदगी है तुम्हारे लिए, आराम की ज़िंदगी—साफ़-सुथरे कपड़े, हंसी-मज़ाक, म्यूज़िक—मैं तुमको वह अंगूठी भी दे दूंगी..." वह अर्थभरी निगाहों से देखकर बोली, "जो मेरे स्वर्गवासी पति ने मुझे दी थी।"

लाली ने सोचते-सोचते कहा, "पर वह इस तरह की हरकत को पसंद नहीं करेगी। और अगर मैं वापस जाने का फ़ैसला भी कर लूं तो इससे क्या फ़र्क़ पड़ता है ? वह मेरी बीवी तो रहेगी।"

यकायक मिसेज़ होशंग को धक्का-सा लगा। लाली उसकी ओर हैरान-सा होकर देखकर बोला, "क्या हुआ ?"

"सुनो..." मिसेज़ होशंग में अभी साहस शेष था। वह उसे समझाते हुए

बोली, "जब मेरे बूथ पर तुम्हारी वजह से टिकट ख़रीदने वालियों को पता चलेगा कि तुम शादीशुदा हो, रोज़ शाम को उसके पास घर जाते हो, तो कौन टिकट ख़रीदने आएगी तुम्हारे हाथ से ? तुम्हारा सारा आकर्षण इस बात में है कि तुम कुंवारे हो, कुंवारे रहोगे। इसलिए इस लड़की को तुम्हें छोड़ना ही पड़ेगा।"

"मैं समझ गया, तुम क्या चाहती हो," लाली ने कहा। मगर मिसेज़ होशंग ने इस बात का कोई उत्तर नहीं दिया। जब लाली ने उसकी ओर देखा, उसने धीरे से आंखें झुका लीं। लाली ने पूछा, "तो वह हीरेवाली...... अंगूठी मुझे दे दोगी ?"

"हां, दे दूंगी।"

लाली ने खुश होकर सर हिला दिया। फिर बालों की वही सरकश लट उसके माथे पर लौट आई। मिसेज़ होशंग ने बड़े प्यार से उसे माथे से हटाया। बोली, "जो चाहोगे मिल जाएगा।" उसकी उंगलियां हौले-हौले लाली के माथे को छूने लगीं। लाली ने उदास होकर कहा, "मैं इस घर में खुश नहीं हूं।"

"यहां तुम्हारी देख-भाल करने वाला कोई नहीं है।" वह उसके बालों में उंगलियां फेरते हुए बोली।

इतने में शोभा किचिन से चाय का कप लिए अंदर आ गई। उसे आते देखकर मिसेज़ होशंग ने जल्दी से अपना हाथ हटा लिया। और संभलकर बैठ गई। मगर शोभा ने देख लिया था और लाली को भी मालूम था कि शोभा ने देख लिया है। इसलिए उसने शोभा के हाथ से चाय का कप लेकर उसे बड़ी कड़ी नज़रों से घूरकर सख़्ती से कहा, "कुछ चाहिए ?"

"नहीं," शोभा ने घबराकर कहा और वापस किचिन के अंदर चली गई।

उसके जाने के बाद मिसेज़ होशंग ने दूसरा पांसा फेंका।

बोली, "वह बुढ़िया महंती कहती है, एक बढ़ई है बसंता, रंडवा है पर...इससे "

"मुझे मालूम है," लाली कटु स्वर में बोला। उसे यह ज़िक्र ही पसंद न था, मिसेज़ होशंग चुप हो गई। इतने में शोभा किचिन से फिर वापस आ गई। लाली उसकी ओर उन्हीं कड़ी निगाहों से देखकर बोला, "क्या है ?"

"लाली, मैं फिर भूल जाऊंगी, मुझे—मुझे कुछ कहना है।"

"कहना है तो कहो।"

"वह मैं"—शोभा रुक-रुककर बोली, "मैं कल तुमसे बात करना चाहती थी, मगर ?" इतना कहकर शोभा चुप हो गई।

"हां-हां, बताओ।"

"अकेले में बताऊंगी, अंदर किचिन में आ जाओ।" उसने इशारा किया। "एक मिनट में बता दूंगी।"

लाली ने झल्लाकर कहा, "जानती हो, मैं मिसेज़ होशंग से धंधे की बात कर रहा हूं, बीच में तुम आ जाती हो, अपनी कोई बेकार-सी बात कहने के लिए..."

शोभा ने विनीले स्वर में कहा, "बस, एक मिनट लगेगा।"

"गेट-आउट !" लाली ग़ुस्से से चिल्लाया।

"मैं कहती हूं, बस एक मिनट से भी कम में बता दूंगी। वह बेकार बात नहीं हैं।"

"जाती है कि दूं ?" साली ने हाथ उठा लिया।

शोभा वहीं उसके सामने खड़ी रहकर बोली, "नहीं जाऊंगी।"

लाली उसे मारने के लिए सोफ़े से उठकर खड़ा हो गया कि मिसेज़ होशंगबाई जल्दी से बोली, "नहीं-नहीं, इसमें है क्या, सुन लो, एक मिनट में क्या हो जाएगा, इसकी बात सुन लो। जब तक मैं उधर दीवार पर लगी

तस्वीरें देखती हूं। स्टूडियो के बाहर...”

मिसेज़ होशंगबाई उन दोनों को अकेला छोड़कर कमरे से बाहर निकल गई। लाली घूरकर ग़ुस्से से शोभा की ओर देखने लगा। शोभा बोली, “इस तरह घूरकर मुझे मत देखो। मारना चाहो तो फिर दो हाथ लगा दो। मुझे किसीका डर नहीं है क्योंकि मुझे तुमसे कुछ कहना है।”

लाली ने दांत पीसकर कहा, “तो कह डालो। जल्दी से।”

“इतनी जल्दी नहीं कह सकूंगी,” शोभा धीरे से बोली। और कप उठाकर फिर लाली को देते हुए बोली, “तुम चाय क्यों नहीं पीते ?”

“यही कहना था तुम्हें ?”

“नहीं,” शोभा बोली। “पर जब तक तुम चाय खत्म करोगे मेरी बात भी ख़त्म हो जाएगी।”

लाली उसके हाथ से चाय का कप लेकर उसकी ओर देखते हुए धीरे-धीरे चाय पीने लगा। बीच में बोला, “तो ?”

वह बोली, “कल जब दिन में मेरे सर में चक्कर आ रहा था, और तुमने मुझसे पूछा था...”

“हां-हां, पूछा था, फिर?”

“हां, तो बस, यह वही बात है।”

लाली बोला, “क्या तुम बीमार हो ?”

“नहीं, पर तुमने पूछा था, मेरा सर क्यों घूम रहा है ? मुझे चक्कर क्यों आते हैं ? मैं बदली-बदली क्यों दिखाई देती हूं ?”

“बदली-बदली क्यों दिखाई देती हो उससे, मेरा मतलब, उस बढ़ई की वजह से ऐसा पूछा था।”

“क्या ?” शोभा हैरत से बोली। फिर उसकी बात समझकर मुस्करा दी, बोली “नहीं, मेरा बदलना उसके लिए नहीं है मूर्ख, यह बात यह है” वह लजाकर बोली, “कि—कि—मुझे शर्म आती है।”

"ऐसी बुरी बात है," लाली संजीदा होकर बोला।

"बुरी बात तो नहीं है," शोभा बोली। "बिल्कुल नहीं है—पर।"

लाली गरजकर बोला, "साली, बकवास किए जाती है, बोलती क्यों नहीं, क्या बात है ?"

यकायक शोभा ने सिसकी लेकर कहा, "लाली, मैं मां बनने वाली हूं।" इतना कहकर और जल्दी से मुंह छुपाकर शोभा रोती हुई किचिन में चली गई। इतने में झग्गा बाहर से आया और लाली को अकेला देखकर उसके पास आने लगा। लाली ने उसे देखकर कुछ ध्यान न दिया। वह उस समय से हैरत में डूबा हुआ था और प्याली उसके हाथ में टिकी हुई थी। और उसने अपने हैरत से भरे चेहरे को झग्गा की ओर घुमाकर धीरे से कहा, "झग्गे, शोभा के बच्चा होने वाला है।"

झग्गा अपने नाखून दांतों से काटते हुए बोला, "ऐं ? बच्चा ! तो क्या हुआ, होते ही रहते हैं बच्चे।...रोज़ होते हैं। सारी दुनिया में होते हैं।"

"गेट-आउट !" लाली को एकदम क्रोध आ गया। झग्गा बिना किसी बहस और उत्तर के स्टूडियो के बाहर चला गया। उसके जाते ही मिसेज़ होशंग अंदर आ गई, और आते ही शोभा के बारे में पूछने लगी, "वह चली गई ?"

"हां।"

"तो..." मिसेज़ होशंग ने सांस लेकर अपना बटुवा खोला, "तो मैं तुम्हें बीस रुपये एडवांस दिए देती हूं ?"

यह कहकर होशंगबाई ने बटुवे से दस-दस के दो नोट निकाले और उन्हें लाली की ओर बढ़ा कर बोली, "लो !" मगर लाली ने अपनी चाय की प्याली उठा ली थी, और उसे बड़े इतमीनान से पी रहा था। "लो यह एडवांस !" मिसेज़ होशंग ने ज़रा तुनककर आदेशपूर्ण स्वर में कहा। लाली उसी तरह अपनी चाय पीता रहा, फिर बड़ी नर्मी से बोला, "होशंगबाई,

घर जाओ।

मिसेज़ होशंग एकदम भौचक्की-सी हो गई। बोली, "क्या हुआ है तुम्हे ?"

लाली ने फिर बड़ी नर्मी से, प्यार से, गम्भीर स्वर में कहा, "घर जाओ होशंगबाई। देखती नहीं हो, मैं अपने घर में चाय पी रहा हूं !"

"ज़रूर तुम पागल हो गए हो," वह हैरान होकर बोली।

लाली चिल्लाकर बोला, "जाती है कि दूं एक हाथ ?"

मिसेज़ होशंग ने रुपये बटुवे में डाल लिए। उसके माथे पर क्रोध से रेखाएं उभर आईं। बटुवा ज़ोर से बंद करते हुए बोली, "अब ज़िन्दगीभर तुमसे बात नहीं करूंगी।" इतना कहकर उसने अपने होंठ ज़ोर से अन्दर भींच लिए।

लाली ज़ोर से हंसा, "अरे, बात ही नहीं करोगी ! तब तो मैं मर हो जाऊंगा इस ग़ुम से।"

"गुडबाई !" मिसेज़ होशंगबाई ने अपने ग़ुस्से को बड़ी कठिनाई से दबाते हुए ठंडे लहज़े में कहने की कोशिश की और जल्दी से कमरे से बाहर निकल गई।

लाली ने दोनों हाथ जोड़कर उसकी पीठ को नमस्कार किया और फिर झग्गे को आवाज़ दी, "झग्गे—अबे ओ झग्गे !"

झग्गा, जो पीछे स्टूडियो की दीवार से लगा खड़ा था, जल्दी से भागता हुआ आया और उसके सामने आकर खड़ा हो गया। लाली ने उससे पूछा, "तूने कहा था न, तू बहुत-सा रुपया हासिल करने की तरकोब जानता है ?"

"हां—जानता हूं," झग्गा बोला।

"कितना रुपया ?" लाली ने पूछा

"जितना तुमने ज़िन्दगी में न कमाया होगा।"

"मगर कैसे ?"

"वह मैं..." कहकर झग्गा रुक गया। पर एक खास ढंग की निगाह उसपर डालकर बोला, "वह मैं बाद में बताऊंगा।" और ऐसा उसने इसीलिए कहा कि उसने डार्क-रूम से चाची महती को खाली केतली लाते देख लिया था। वह बड़बड़ाते हुए आ रही थी। लाली को झग्गे के साथ बातचीत करते देखकर उनकी त्योरियों के बल और गहरे हो गए। "आते ही चाय चाहिए, फिर नाश्ता, दोपहर को खाना, फिर साहब बहादुर को साफ़े पर लेटकर आराम।" उसने इतना कहकर लाली के हाथ से चाय का खाली कप छीनकर कहा, "लाओ इधर।"

ख़ली खिड़की से यकायक कार्निवाल की आवाज़ें तेज़ होने लगी। संगीत के स्वरों में मिसेज़ होशंग के नये आर्गन की धुन सबसे मीठी थी, जैसे यह आर्गन उसकी हंसी उड़ा रहा हो। उसकी धुन उसका मुंह चिढ़ा रही थी। लाली बेचैन होने लगा। उसने यकायक चाची महती से सम्बोधित होकर कहा, "सुनो चाची।"

मगर चाची महंती इस समय झग्गे से बेहद नाराज़ थीं।

"और तुम सुनो, झग्गे, चोर-डाकू-बदमाश !...अभी, इसी दम निकल जाओ मेरे घर से। नहीं तो मैं अपने बेटे चंदन को बुलाती हूं।"

झग्गे ने अपनो भवें नचाई, तिरस्कार के साथ अपने होंठ टेढ़ किए और बड़े गर्व से कहा, "मैं ख़ुद ऐसे फटीचर लोगों के घर में आना पसंद नहीं करता।" यह कहकर वह स्टूडियो से बाहर निकल गया। मगर बाहर जाकर फिर खिड़की के नीचे दुबककर बैठ गया।

लाली ने चौंककर चाची से पूछा, "चाची महती !"

"हां क्या है ?" वह तुनककर बोली।

"जब चंदन पैदा हुआ था मेरा मतलब है, जब तुमने चंदन को जन्म दिया था..." वह रुक गया।

"हां, तो फिर ?" चाची महंती ने पूछा।

"कुछ नहीं," लाली ने इरादा बदल दिया। चाची मुस्करा दी, "अजब पागल-सा लड़का है," उसके सर पर हाथ रखकर बोली, "सो जाओ निखट्टू, तुम्हारा दिमाग़ चल गया है। सो जाओ, शराब पिओ, जुआ खेलो, दूसरों की कमाई पर ज़िन्दा रहो। और इस बीच अगर टाइम मिले तो अपनी बीवी की पिटाई कर डालो। तुम इसी लायक़ हो, बेटा।"

यह कहकर चाची महंती चली गई। जब वह किचिन में ग़ायब हो गई तो लाली ने आवाज़ देकर कहा, "झग्गे !"

खिड़की के बाहर दुबका हुआ झग्गा जल्दी से अपनी जगह से उठा और खिड़की के चौखटे में दिखाई देकर उसने अपने पीले-पीले-दांत निकोस दिए। बोला, "हां, मुझे मालूम है, शोभा के बच्चा होने वाला है, तुम मुझे बता चुके हो।"

लाली ने दोनों कुहनियां खिड़की में टिकाकर उससे बिल्कुल पास होकर पूछा, "वह स्कीम ? लेदर फ़ैक्टरी के खज़ांची वाली ? उसमें कोई दम है ? मुझे बहुत-सा रुपया चाहिए।"

झग्गा बोला, "वह स्कीम सबसे बढ़िया है, पर उसके लिए दो आदमी चाहिए। मैं अकेला काफ़ी नहीं हूं।"

लाली ने कुछ सोचकर कहा, "ठीक है, तुम जाओ। इस समय चले जाओ झग्गे, फिर आना।"

झग्गा कुछ देर तक लाली को ध्यानपूर्वक देखता रहा, फिर पलटकर खिड़की से गायब हो गया। उसके जाने के कुछ क्षण बाद लाली ने खिड़की से पलटकर खाली कमरे में चारों ओर देखा, फिर ज़ोर से चिल्लाकर बोला, "चाची—चाची महंती, मेरी शोभा के बच्चा होने वाला है !"

ख़ाली कमरे को संबोधित करता हुआ वापस खिड़की की ओर गया, सोफ़े पर चढ़कर खड़ा हो गया और खिड़की से दोनों हाथ बाहर निकालकर, उन्हें फैलाकर मानो सारी दुनिया को और अभिमान से संबोधित करके

बोला, "मेरा बेटा !"

शोभा किचिन से दौड़ी-दौड़ी बाहर कमरे में आई, और घबराकर पूछने लगी, "क्या है ? क्या है ?" लाली ने सोफ़े से उतरते हुए कहा, "कुछ नहीं।" इतना कहकर लाली उसी सोफ़े पर औंधा होकर बड़े इतमीनान से लेट गया, दोनों टांगें फैला लीं, और अपना चेहरा तकिये में छुपा लिया, क्योंकि वह अपनी ख़ुशी किसीपर प्रकट करना नहीं चाहता था। कुछ देर तक शोभा आश्चर्य से खड़ी उसकी ओर देखती रही, फिर धीरे से वह उसके सोफ़े के पास गई, बड़े प्यार से उसकी ओर देखा, अपने कंधों पर से लिपटी हुई शाल उतारकर लाली को उढ़ा दी और प्यार से उसकी ओर देखती हुई किचिन में वापस चली गई।

6

तीसरे पहर जब शोभा बाज़ार से सब्ज़ी-भाजी लेकर लौटी और रात का खाना तैयार करने के लिए रसोई की ओर जाने लगी तो उसने झग्गा को लाली के पास सोफ़े पर बैठकर धीरे-धीरे बातें करते हुए पाया। वह इस आदी मुज़रिम की दोस्ती को लाली के लिए और अपने घर के लिए बिल्कुल नापसंद करती थी, मगर लाली की वजह से कुछ खुलकर नहीं कह सकती थी। उसने गहरे शुबहे की निगाहों से इन दोनों

को मिस्कौट करते हुए देखा, तो झग्गा फ़ौरन संभलकर सोफ़े पर बैठ गया, और ज़रा ऊंची आवाज़ में बोला, "ध्यान से सुनो लाली—यह गीत यों चलता है।" यह कहकर झग्गा अपनी खोखली आवाज़ में एक अश्लील गीत के टुकड़े उसे गाकर सुनाने लगा, फिर दोबारा जब गाकर सुनाने लगा, तो लाली भी उसके साथ गाने लगा। दोनों ने एक दूसरे को आंख मारकर ज़रा लहक-लहककर उस गीत को गाना शुरू किया, मगर इससे भी शोभा का शक कम न हुआ। वह रसोई के दरवाज़े से लगी-लगी एक थाली में चावल लिए उन्हें साफ़ करती और आंख बचाकर उन्हें देखती भी जाती। फिर अंदर रसोई में किसी दूसरे काम से जाती, मगर फ़ौरन वापस दरवाज़े पर आ जाती, क्योंकि आज झग्गे की आंखों की चमक ने और उसके चेहरे पर छाई हुई भयानकता ने और उसकी बात छुपाने की चालाकी ने उसके दिल के सोए हुए शुबहों को जगा दिया था। लेकिन उसे चूल्हे के पास जाना ही पड़ता था। ऐसे ही चंद मिनटों में झग्गे ने लाली से कहा, "अंधेरी की रेलवे क्रासिंग पार करके अशोक सिनेमा की गली से होकर तुम रेल की पटरी पर आ जाओगे, जो ज़मीन से ऊंची उठी हुई है इससे लगी-लगी एक पगडंडी लैदर फ़ैक्टरी तक जाती है। दो फ़र्लांग तक कोई घर नहीं है, कोई झोंपडी नहीं है, रास्ता बिल्कुल सुनसान है।"

लाली ने धीरे से पूछा, "तो क्या वह हर रोज़ उसी रास्ते से जाता है?"

"हां, मगर पटरी के किनारे-किनारे नहीं, नीचे की पगडंडी से जाता है।" इससे पहले तो हमेशा उसके साथ कोई आदमी हुआ करता था, मगर अब एक साल से वह बिल्कुल अकेला आता-जाता है।"

"हर महीने की दस को?" लाली ने पूछा।

"हां, हर महीने की दस को," झग्गे ने दीवार पर टंगे कैलेंडर की ओर

अर्थपूर्ण दृष्टि से देखकर कहा, "आज दस तारीख है।"

"और रुपया ?" लाली ने रुककर पूछा। "वह रुपया किधर रखता है ?"

"हाथ में।" झग्गे ने कहा, एक चमड़े के थैले में। उसमें फ़ैक्टरी के हज़ारों की पगार होती है।"

"कितनी ?"

"बत्तीस हज़ार।"

"बत्तीस हज़ार ? बड़ी रक़म है।"

चोखी।"

"नाम क्या है उसका ?"

"हरिदास।"

"खज़ांची है ?"

"हां"—झग्गे के होंठों पर एक बेरहम और ज़हरीली मुस्कान आई, बोला, "फिर जब पीछे से उसके सर पर लोहे का डंडा ज़ोर से गिरकर उसकी खोपड़ी खोल देगा, तो वह खज़ांची नहीं रहेगा।"

लाली के दिल में झग्गा के लिए एक अजीब-सी घृणा उत्पन्न हुई। कुछ क्षण वह इस भावना से लड़ता रहा, अंत में सफल हो गया। उसने बेहद संजीदगी से पूछा, "क्या उसकी जान लेना ज़रूरी है ?"

"ज़रूरी तो नहीं।" झग्गे ने एक क़दम पीछे हटाया, क्योंकि उसे मालूम हो गया था लाली के लहज़े से कि उसने कोई ग़लत बात कह दी है। उसे ढकने के लिए उसने सर हिलाकर कहा, "बिल्कुल ज़रूरी नहीं है, उसकी जान लिए बिना भी हम उसका थैला छीन सकते हैं। मगर यह खज़ांची लोग" वह रुककर ज़रा-सा हंसा।

"ज़रा अजीब क़िस्म के लोग होते हैं। इन्हें मर जाना ही पसंद है।"

लाली कुछ कहने वाला ही था कि शोभा अचानक रसोई से बाहर

निकल आई, और झग्गा जल्दी से लहज़ा बदलकर बोला, "और इसी गीत का दूसरा टुकड़ा यों है।" इतना कहकर वह फिर हौले-होले गाने लगा। लाली भी साथ देने लगा, ज्यों ही शोभा किचिन के अंदर गई, वे फिर खुसर-पुसर करने लगे, मगर अबकी बहुत जल्दी से शोभा बाहर निकल आई। हाथ में एक छोटी-सी झाड़ू लेकर और स्टुडियो के कोने-ख़ुदरे साफ़ करने लगी। वह इस कोशिश में थी कि किसीतरह से यह जान ले कि ये दोनों क्या बातें कर रहे हैं। मगर वह अपनी कोशिश में सफल न हो सकी। इधर-उधर से एक-आधा शब्द या वाक्य जो उसके पल्ले पड़ जाता था उससे उसकी चिंता और बढ़ जाती थी। मगर वह पूरी बात समझ न सकी। यही उसके दिमाग़ में आया कि वे दोनों उससे छुपाकर किसी चालबाज़ी में उलझे हुए हैं।

सोफ़े के पास आते देखकर लाखी ने डांट दिया, "झाड़ू लगाने के लिए क्या यही वक़्त रह गया है, देखती नहीं हो, मैं काम में लगा हुआ हूं।" इतना कहकर उसने शोभा के हाथ से झाड़ू लेकर दूर फेंक दी। शोभा आंखों में आंसू भरकर वापस किचिन में चली गई, तो लाली ने जल्दी से पूछा, "और इसके बाद सीधे आसाम चले जाएंगे—गौहाटी ?"

"नहीं," झग्गे ने सर हिलाया।

लाली ने चौंककर कहा, "मगर तुम कहते थे......"

झग्गे ने उसके हाथ पर हाथ रखकर कहा, "रुपये को छः माह के लिए किसी जगह पर गाड़ देंगे। और छः महीने के बाद उसे निकाल लेंगे।"

"फिर ?"

"फिर और छः माह के लिए ऐसे ही ग़रीब बनकर रहेंगे। उस रक़म में से एक पैसा भी ख़र्च नहीं करेंगे।"

लाली ने घबराकर कहा, "अरे झग्गे, छः महीने में तो मेरा बच्चा पैदा

हो जाएगा।"

"बच्चे और शोभा को उसके बाद लेकर जाएंगे, छः महीने तक तुम कोई काम कर लेना, ताकि लोगों को शुबहा न हो कि तुमने बाहर जाने के लिए इतना रुपया कहां से जमा किया है।"

"और गौहाटी में कोई हमसे पूछताछ नहीं करेगा ?" लाली ने पूछा।

"आसाम बंबई से बहुत दूर है। वहां कौन पूछने जाता है, किसको मालूम होगा ?" फिर उसे विश्वास दिलाते हुए बोला, "बहुत-से लोग उधर ही जाते हैं।"

"हूं...।" लाली सोचने लगा, फिर सोच-सोचकर बोला, "तो हम दोनों में से कौन आगे बढ़कर उससे बात करेगा ?"

"हम दोनों में से एक अपनी ज़ुबान से बात करेगा—और दूसरा अपने चाकू से..." झग्गे की आंखें बंद होने लगीं। फिर यकायक उसने आंखें खोल दीं, फिर बड़े भोलेपन से पूछने लगा, "तुम्हें क्या पसंद है ?" लाली को चुप देखकर उसने कहा, "वैसे मेरी मानो तो तुम उससे बात करो...मैं..."

यकायक लाली घबराकर बोला, "यह कैसी आवाज़ थी ?"

"कहां ?" झग्गे ने पूछा। उसे लाली के चेहरे का रंग उड़ा-सा नज़र आया।

लाली ने खिड़की के बाहर इशारा करते हुए बड़ी मुश्किल से कहा, "बाहर जैसे कोई खुसर-पुसर कर रहा हो।"

दोनों ग़ौर से सुनने लगे। वह तो लाली के दिल की आवाज़ थी, खिड़की के बाहर कोई न था। फिर भी झग्गा दबे-पांव खिड़की तक गया। बाहर झांककर जब उसने अच्छी तरह विश्वास कर लिया तो पलटकरे लाली से कहने लगा, "कोई भी तो नहीं है।"

लाली ने लम्बी सांस लेकर कहा, "हां, शायद पार्क के पेड़ों में हवा

चलती है।" वह सोफ़े से उठकर बैचेनी से टहलने लगा।

झग्गा उसके पास जाकर बोला, "बस तुम्हें सिर्फ़ इतना कहना होगा, 'भैया, ज़रा बताना टाइम क्या है।' बाकी मैं संभाल लूंगा।"

"भैया, ज़रा टाइम बताना," लाली अभ्यास करते हुए बोला, फिर रुककर बोला, "उसके बाद क्या होगा ?"

झग्गे ने कहा, "उसके बाद वह सिर झुकाकर घड़ी से टाइम देखने लगेगा, मैं पीछे से उसके सर पर...और तुम सामने से अपना चाकू निकालकर..."

झग्गा लाली को खंजर मारने का ढंग बताने लगा। बताते-बताते पीछे हटने लगा तो पीछे किसी आनेवाले से टकरा गया। मुड़कर देखता है तो सामने एक पुलिस मैन खड़ा है। कुछ क्षणों के लिए तो उसकी सिट्टी गुम हो गई।

"हौ।" संतरी कुछ नाराज़ होकर बोला।

लाली और झग्गा दोनों भयभीत होकर उसकी ओर देख रहे थे। मगर संतरी ने अपने कपड़े झाड़कर बड़ी निम्रता से सर झुकाकर कहा, "तुम दोनों में से कौन फोटोग्राफर है ?"

झग्गे की जान में जान आई, उसने जल्दी से पैंतरा बदलकर ज़ोर से आवाज़ दी, "ऐ चाची महंती, चंदन, चाची महंती, गाहक आया है।" फिर पलटकर लाली से बोला, "और इस गीत का तीसरा टुकड़ा यों शुरू होता है।" इतना कहकर उसने गीत का पहला ही टुकड़ा शुरू कर दिया। लाली भी उसका साथ देने लगा। इतने में चाची महंती का लड़का चंदन डार्क-रूम से बाहर स्टूडियो में आ गया और संतरी को देखकर इज़्ज़त से सलाम करने लगा। संतरी ने उसके सलाम का जवाब देकर पूछा, "कैबिनेट साइज़ का फ़ोटो बनाता है ?"

"जी हां।" उलझे बालों वाला, पीले रंग और छोटे कद का चंदन अपनी ठोड़ी खुजाते हुए बोला, "इधर देखिए, कौन-सी बैकग्राउंड आपको

पसंद है—झरनेवाली या चीतेवाली। और कौन-सा पोज़—दीवार पर लगी इन तस्वीरों में देखकर चुन लीजिए।"

संतरी मुड़ कर दीवार पर लगी तस्वीरों को ग़ौर से देखने लगा। अंत में उसने एक पोज़ पर अपनी उंगली रख दी, बोला, "मुझे यह चाहिए।"

"ठीक है," चंदन बोला और एक स्टूल आगे सरकाते हुए संतरी से कहने लगा, "इसपर बैठ जाइए।"

पुलिसमैन बैठ गया। चदन टाली पर रखे रंगीन पर्दे को आगे-पीछे करने लगा। बैकग्राउंड को फिक्स करके कैमरे को आगे-पीछे करने लगा। भाग-दौड़कर बहुत ही फुर्ती से अपने गाहक को खुश करने के लिए, उसके चेहरे को दो-तीन बार अपने हाथों से इधर-उधर करके, कैमरे के सामने उसका पोज़ बनाने लगा। इतने में डार्क-रूम से चाची महंती फोटो-प्लेट लेकर आती दिखाई दी। जब चंदन ओर चाची महंती अपने काम में व्यस्त थे तो लाली और झग्गा संतरी को देखकर हौले-हौले बातें करने में मगन थे। लाली ने धीरे से पूछा, "इसी इलाक़े का है ?"

"नहीं।" झग्गा होंठ हिलाए बिना बोला।

"खार का ?"

"नहीं।"

"सांताक्रुज़ का ?"

यकायक झग्गा को याद आ गया, बोला, "विलेपार्ले का मालूम देता है।"

लाली ने एकदम उदास होकर मुंह फेर लिया। बड़बड़ाते हुए बोला, "यह कोई ज़िन्दगी नहीं है...यह कोई ज़िन्दगी नहीं है। इससे तो मर जाना अच्छा है।"

झग्ग धीरे से बोला, "गौहाटी में बहुत आराम से रहोगे।"

लाली ने कोई उत्तर नहीं दिया। वह खिड़की से बाहर देख रहा था।

चंदन संतरी से कह रहा था, "अब जनाब, इधर देखिए—यहां, कैमरे के लैंस के पास हिलो मत, मेहरबान।" पुलिस मैन यकायक अटेंशन हो गया। एक क्षण के लिए कैमरे का ढक्कन उतार के उसने फिर लैंस पर रखके एक खुशी की मुस्कान से मुस्कराकर पुलिसमैन की ओर देखकर कहा "थैंक यू !"

'थैंक यू' सुनते ही पुलिसमैन अपने स्वाभाविक पोज़ में वापस आ गया। पूछने लगा, "फ़ोटो कब मिलेगा ?"

"बस, यही पांच-सात मिनट में।" चाची महंती ने कहा।

"तो मैं एक राउंड लगाकर आता हूं।" जवाब दिया, और जेब से बटुवा निकालके बोला, "कुछ ऐडवांस दे दूं ?"

चंदन आगे बढ़कर मक्खन लगाते हुए बोला, "नहीं, इंस्पेक्टर साहब, आपसे क्या ऐडवांस लेना ! तस्वीर के बाद दे दीजिएगा।"

मामूली संतरी को उसने इंस्पेक्टर कहा था, इससे पुलिसमैन बेहद खुश हुआ। बटुवा वापस जेब में रखकर बाहर चला गया। चंदन ने कैमरा अपनी पुरानी जगह पर रख दिया। और चाची महंती ने ट्राली खींचकर रंगीन पर्दे को उसकी जगह फिर टिका दिया। फिर झग्गे की ओर ग़ुस्से से देखकर बोली, "सारा दिन इधर पड़े-पड़े मेरे ग्राहकों को घूरते हो, बाहर की हवा क्यों नहीं खाते ? कहां से इतनी दौलत मिल गई है, कि खुशी के गीत गाए जाने लगे हैं ?" फिर बिल्कुल उसके सामने जाकर बोली, "मैं पूछती हूं, पुलिस को देखकर दम नहीं निकल गया था !"

झग्गा तिरस्कार से बोला, "जाओ...जाओ...फ़ोटो तैयार करो, तुम्हारा ग्राहक आता होगा।" ज्यों ही चाची बड़बड़ाती हुई डार्क-रूम के अंदर गई, झग्गे ने लपककर लाली से कहा, "अब भागकर किचिन में चले

जाओ।"

"क्यों ?"

"छुरी ले लो—सब्ज़ी काटने वाली।"

"काहे के लिए ?"

"मेरा चाक़ू बहुत छोटा है। अगर वह कहीं लड़ने लगा तो छुरी उसकी पसलियों में घोंप देंगे।"

लाली बोला, "उसकी ज़रूरत नहीं पड़ेगी। मेरा एक घूंसा उसे बेहोश कर देने के लिए काफ़ी है।"

"नहीं," झग्गे ने उसे समझाया। "तुम्हारे पास कोई हथियार ज़रूर होना चाहिए, सर पर डंडा मारने से उसकी गर्दन अलग नहीं होगी।"

"मगर उसकी गर्दन अलग करने से हमें क्या मिल जाएगा," लाली ने विरोध करते हुए कहा।

"कुछ नहीं। फिर अगर उसने शोर मचाना चाहा...? वह काफ़ी तगड़ा है, मेरी तरह दुबला-पतला नहीं है।" फिर लाली के चेहरे पर इन्कार के रंग देखकर कहने लगा, "उन बत्तीस हज़ार रुपयों से तुम गौहाटी में अपनी बीवी और बच्चे को लेकर एक शानदार ज़िंदगी शुरू कर सकते हो। मगर बुज़दिली दिखाने से कुछ नहीं मिलेगा।"

लाली ने आनाकानी करते हुए कहा, "मैंने किचिन से वह छुरी उठाई तो शोभा देख लेगी।"

"ऐसे उठाओ कि वह न देख सके," झग्गा लाली को किचिन की ओर धकेलते हुए बोला।

लाली ने किचिन की ओर क़दम उठाया ही था कि वह पुलिसमैन फिर अंदर आ गया। लाली रुक गया। पलटकर बेचैनी के अंदाज़ में चलता हुआ डार्क-रूम के दरवाज़े के बाहर पहुंचकर रुक गया और आवाज़ देते हुए बोला, "चंदन, संतरी आया है।"

चाची महंती ने दरवाज़े पर आकर कहा, "बस एक मिनट, संतरी जी, बस एक मिनट !"

चाची महंती इतना कहकर डार्क-रूम में चली गई। लाली कुछ देर हिचकिचाता हुआ वहीं खड़ा रहा। झग्गा की ओर नहीं देख रहा था, क्योंकि उसे मालूम था, झग्गा उसे किन निगाहों से देख रहा है। वह उन निगाहों की ताव न लाकर जल्दी किचिन में घुस गया।

पुलिसमैन स्टूल पर बैठकर फ़ोटो का इंतज़ार करने लगा और झग्गे को घूरने लगा। झग्गे ने पलटकर पुलिसमैन को ढिठाई से देखा और सवाल किया, "नानावटी हस्पताल नाका।"

संतरी एकदम चौंक गया। सर हिलाकर बोला, "हां, मगर, तुम्हें कैसे मालूम है, मैं उधर ही ड्यूटी देता हूं !"

"मैं भी उधर ही अपना धंधा करता था," झग्गा बड़ी राज़दारी से बोला।

"कैसा धंधा ?" संतरी ने पूछा।

"पुरानी हड्डियां इकट्ठी करने का," झग्गा तिरस्कार-भरी मुस्कराहट से संतरी की ओर देखते हुए बोला। जवाब सुनकर संतरी। को बेहद ग़ुस्सा आया। वह अपनी मूंछों को ताव देकर कुछ कहने ही वाला था कि चंदन डार्क-रूम से निकल आया। फ़ोटो उसके हाथ में था। संतरी ने उसके हाथ से फ़ोटो ले लिया और अपनी सूरत देखने लगा, उसे अपनी सूरत बेहद पसंद आई, सर हिलाकर बोला—"अच्छा है, बहुत अच्छा है।" फिर उसने बटुवे से पैसे निकालकर चंदन को दिए, और फ़ोटो का लिफ़ाफ़ा जेब में रखकर, झग्गे को संदेह की निगाहों से घूरता हुआ स्टूडियो से चला गया। इस बीच झग्गे ने यों दिखाया जैसे वह उसे देख ही नहीं रहा है। मगर पुलिसमैन के जाने के बाद जल्दी से वह भी स्टूडियो के बाहर निकला और बाहर सड़क पर जाकर पुलिसमैन की पीठ को देखता रहा। जब पुलिसमैन माहिम नाके

की तरफ़ मुड़कर ग़ायब हो गया तो वापस स्टूडियो में आया।

जब वह अंदर आया उस समय लाली किचिन से बाहर निकल रहा था। उसका एक हाथ पतलून में था दूसरे से वह अपनी कमीज़ के ऊपर की जरसी ठीक करता हुआ सोफ़े के पीछे जाकर खिड़की में खड़ा हो गया। देर तक खड़ा-खड़ा शून्य में घूरता रहा। धीरे से झग्गा उसके पास गया और बड़ी नर्मी से बोला, "क्या देख रहे हो इतनी दूर ?"

"कुछ नहीं," लाली ने उदासी से कहा।

"कुछ तो देख रहे हो।"

"कुछ सोच रहा हूं।"

झग्गे ने कभी लाली को इतना उदास नहीं देखा था। उसने उसका मूड बदलने के लिए लाली से पूछा, "अच्छा, मुझे बताओ, उससे क्या कहोगे ?"

लाली बोला, "मैं कहूंगा, (नक़ल करते हुए) 'भैया, ज़रा टाइम तो बताना।' और अगर उसने मुझे टाइम बता दिया तो फिर मुझे क्या कहना चाहिए ?"

झग्गा बड़े बेरहम लहज़े में हंसकर बोला, "तुम्हारे पूछने के बाद वह कोई जवाब नहीं दे सकेगा।" लाली ने चौंककर झग्गे की ओर देखा। फिर अपनी आंखें फेर लीं।

झग्गे ने पूछा, "ले आए ?"

"हां।" लाली ने सपाट स्वर में कहा, मगर उसकी आवाज़ ज़रा-सी कांप गई।

"कहां रखी है ?"

"जरसी के अंदर, कमीज़ और बनियाइन के बीच में।" झग्गा ने आगे बढ़कर अपने हाथों से लाली की जरसी को टटोलकर देखा। उसका हाथ कमर से लेकर ऊपर सीने तक चलता गया। उसने धीरे से कहा, "काफी

बड़ी है, इसका फल भी काफ़ी लम्बा है।" फिर उसने जरसी के अंदर छुरी को छूते हुए उसके तिकोने कोने पर अपनी उंगलियां फेरकर कहा। "हूं—यह रही इसकी नोक।"

इतने में शोभा किचिन से बाहर आ गई। उसके पैरों की आहट सुनते ही झग्गा ने अपना हाथ लाली के सीने से हटा लिया और लहज़ा बदलकर मुस्करा के कहने लगा, "नहीं, तुमने ठीक से नहीं सीखा। वही टुकड़ा फिर गाओ।" लाली ने कनखियों से शोभा को देखकर उसी अश्लील गीत का टुकड़ा गाना शुरू किया। उसे सुनते ही शोभा मुंह बनाकर किचिन में चली गई। उसके जाते ही लाली झग्गा से पूछने लगा, "रात को उसके भूत ने कहीं मुझे सताया तो क्या होगा ?"

झग्गे ने बड़े प्यार से उसके कंधे पर हाथ रखके कहा, "मैं तुम्हें जोगी बाबा से मंत्र लेके दूंगा। जोगी बावा के मंत्र से बड़े से बड़ा भूत भी नहीं सताता।"

"फिर आगे चलकर क्या होगा ?" लाली अब अपने आपसे सवाल कर रहा था, मगर उसका सवाल सुनकर झग्गे ने कहा, "आगे चलकर कहां ?"

लाली ने अजीब नज़रों से झग्गे की तरफ़ देखकर कहा, "वहां—ऊपर ?" लाली की आंखें ऊपर आसमान की ओर उठ गई। "ऊपर, दूसरी दुनिया में, भगवान् के सामने, मैं क्या जवाब दूंगा ?"

झग्गे के कंधे ज़रा-से हिले। उसने धीरे से कहा, "हमारे ऐसे लोग उसके सामने नहीं ले जाए जाते।"

"क्यों नहीं ?"

झग्गे ने उससे पूछा, "क्या तुम कभी हाईकोर्ट में ले जाए गए हो ?"

"नहीं," लाली ने मानते हुए कहा, "हमेशा थाने में, बाद में मजिस्ट्रेट..."

झग्गे ने कहा, "बस, इसीसे समझ लो कि वहां भी हमारे ऐसे लोगों के लिए थाना होता है और मजिस्ट्रेट, जैसे यहां होता है।"

"बस ?" लाली ने पूछा। "पुलिस और मजिस्ट्रेट ?"

"और क्या ?" झग्गा बड़े कड़वे स्वर में, मगर धीरे से कहने लगा, "बड़े लोगों के लिए वहां भी बड़ी अदालत होती है। हम ग़रीबों के लिए वहां भी पुलिस होगी और मजिस्ट्रेट होगा। बड़े लोगों के लिए फ़रिश्ते आते हैं, हमारे लिए..."

"हमारे लिए ?" लाली ने पूछा।

"हमारे लिए मेरे दोस्त सिर्फ़ इन्साफ़। इन्साफ़ बहुत किया जाएगा हमसे वहां भी और जहां इन्साफ़ होता है, वहां पुलिस होती है, और जहां पुलिस होती है वहां मजिस्ट्रेट होता है। और जहां मजिस्ट्रेट होता है, वहां हम जैसे लोगों के लिए—सिर्फ़ इन्साफ़ होता है।"

लाली ने यह सुनकर एक अजब बनावटी अन्दाज़ में अपने होंठ टेढ़े किए और अपने पार्ट की नक़ल करते हुए बोला, "राम-राम भैया,

ज़रा बताना तो टाइम क्या है ?" फिर एकदम उसने अपने सीने पर हाथ रखा। झग्गे ने पूछा, "यहां हाथ क्यों रखते हो ?"

लाली धीरे से बोला, "छुरी के नीचे, दिल ज़ोर-ज़ोर से धड़क रहा है।"

झग्गे ने कहा, "तो छुरी को दूसरी तरफ़ रख लो।" फिर खिड़की से बाहर आसमान की ओर देखकर बोला, "अब हमें चल देना चाहिए।"

"इतनी जल्दी ?"

"धीरे-धीरे बातें करते हुए चलेंगे।"

लाली कुछ क्षण चुप खड़ा रहा। उसके जी में आया कि वह वापस किचिन में जाकर एक नज़र शोभा को देख ले। फिर उसने यहीं अच्छा समझा कि शोभा से न मिला जाए। उसने सर हिलाकर झग्गे को चलने का

इशारा किया। दोनों जब स्टूडियो से बाहर निकल रहे थे, तो शोभा झपटकर सामने आकर रास्ता रोककर खड़ी हो गई। बोली, "तुम इसके साथ कहां जा रहे हो ?"

जवाब में लाली ने पूछा, "कहां जा रहा हूं ?"

शोभा बोली, "नहीं, मत जाओ इसके साथ। घर में रहो।"

"नहीं।"

"घर में रहो," शोभा बात बनाते हुए बोली, "देखो, बादल गरज रहे हैं। थोड़ी देर में बारिश होने लगेगी। तुम भीग जाओगे।"

"बारिश नहीं होगी।" झग्गे ने बड़े इतमीनान से कहा।

"तुम्हें कैसे मालूम है ?" शोभा ग़ुस्से से उसे देखती हुई बोली।

"मुझे पता चल जाता है, पहले से पता चल जाता है," झग्गा अपने पीले-पीले दांत निकालकर बोला।

लाली ने एक क़दम आगे बढ़ाया।

शोभा फिर उसके सामने रास्ते में आ गई। पता नहीं, उसका गला क्यों सूख रहा था। उसने जल्दी-जल्दी कहना शुरू किया, "मत जाओ, घर में रहो। आज बसंता बढ़ई आ रहा है। उसने वादा किया है, वह तुम्हें अपने वर्कशाप में ज़रूर रख लेगा।"

"मुझे बढ़ई का काम पसंद नहीं है।"

"घर में रहो," शोभा बेहद ग़मग़ीन होकर बोली। बार-बार अपनी छोटी-सी ज़बान निकालकर होंठों पर फेर लेती थी। आज रसना भी आनेवाली है, अपने मंगेतर के साथ। उसका मंगेतर तुमसे मिलना चाहता है।"

"वह किसी दूसरे रोज़ भी मिल सकता है।"

"रसना मेरे लिए कुछ रुपये ला रही है, वह मैं सब तुम्हें दे दूंगी, पर आज कहीं मत जाओ।"

"मैं ज़रा घूमने जा रहा हूं, शोभा। थोड़ी देर में लौटकर आ जाऊंगा।"

मगर लाली उसकी ओर देख नहीं रहा था। शोभा की निगाहें उसके गर्वीले चेहरे पर जम गई। उसकी आंखों में आंसू आने लगे, मगर उसने अपने आंसुओं को पीकर मुस्कराने की कोशिश की, बोली, "अगर तुम नहीं जाओगे तो मैं तुम्हारे लिए ठर्रे की पूरी बोतल लाऊंगी, या बियर की, जो तुम्हें पसंद हो।"

झग्गा इस समय जान-बूझकर कुछ क़दम परे हट गया था, वहां से पलटकर बोला, "लाली, तुम आ रहे हो ?"

शोभा लाली का हाथ पकड़कर बोली, "तुमने मुझे मारा था न, पर अब मैं तुमसे नाराज़ नहीं हूं। क़सम खाती हूं।"

लाली ने घुटे हुए लहज़े में कहा, "परे हट जाओ।" उसकी आवाज़ में ग़म-ग़ुस्सा-मजबूरी, बेबसी, दुःख-दर्द सभी कुछ मौजूद था। उसने शोभा को डराने के लिए मुक्का दिखाया। सच तो यह है कि अंदर से उसका दिल पिघल रहा था और उसकी आवाज़ कांपने लगी थी। मगर वह अपनी इस हालत पर काबू पाकर दिखावे की धमकी देते हुए बोला—"परे हट जाओ, मेरा रास्ता छोड़ दो, वर्ना मार बैठूंगा।"

शोभा ने यकायक पूछा, "यह तुम्हारी जरसी के अंदर क्या है ?"

लाली ने अंदर से ताश निकालकर दिखाया। 'शोभा की आवाज़ कांपने लगी, बोली, "इधर नहीं, उधर।" उसने लाली के बाई तरफ़ सीने की तरफ़ इशारा करते हुए पूछा—"इधर क्या रखा है ?"

अब लाली को सच में ग़ुस्सा आने लगा। गरजकर बोला, "मुझे जाने दो।"

लेकिन शोभा ने फिर रास्ता रोक लिया। वह आगे बढ़ता आता था; वह दोनों हाथ फैलाकर उसका रास्ता रोकती हुई पीछे हटती जाती थी और जल्दी-जल्दी अंतिम कोशिश करते हुए आंसुओं-भरे स्वर में कहती

जाती थी, "सुनो, रसना ने हम दोनों के लिए एक नौकरी ढूंढ़ ली है। पेडर रोड पर एक बहुत बड़े फ्लैट के लोग विलायत जा रहे हैं, दस महीने के लिए। दस महीने के लिए उन्हें एक केयर-टेकर जोड़े की ज़रूरत है, एक मर्द और एक औरत, जो उनके पीछे उस फ़्लैट की देखभाल कर सकें। उसे साफ़-सुथरा रख सकें। उसके लिए वे हर महीना सौ रुपये पगार तुम्हें देंगे, सौ रुपये मुझे। हम दोनों को दो सौ पगार मिलेगी, काम कुछ नहीं—लाली, मेरी बात सुनो।"

लाली ने ग़ुस्से से चिल्लाकर कहा, "मेरे रास्ते से हट जाओ।" और उसे ज़ोर से झटका देकर लाली ने अपना दामन उससे छुड़ा लिया और झग्गे से जा मिला। दोनों तेज़-तेज़ क़दम बढ़ाते हुए कुछ ही पल में नज़रों से ओझल हो गए, शोभा वहीं की वहीं खड़ी रह गई। जब वे दोनों चले गए उस समय भी वह वहीं खड़ी थी, जैसे उसके पैर वहीं जम गए हों। इतने में चाची महंती किचिन से निकल के आई और शोभा से कहने लगी, "सब्ज़ी काटने की छुरी नहीं मिलती, तुमने देखी है ?"

शोभा एकदम घबराकर चौंक गई, उसका दिल ज़ोर-ज़ोर से धड़कने लगा। वह सर हिलाकर बोली, "मैंने तो नहीं ली।"

चाची हैरत से सर हिलाकर बोली, "अभी थोड़ी देर हुई, मैंने किचिन में देखी थी। जाने कहां गई।" फिर रुककर शोभा की ओर देखकर बोली, "थोड़ी देर हुई, मैंने लाली को किचिन में घुसते हुए देखा था।"

"उसने नहीं ली," शोभा ने ज़ोर से इन्कार किया।

"और कोई किचिन में गया भी नहीं।" चाची महंती ने उसे याद दिलाया।

"मगर लाली छुरी को लेकर क्या करेगा ?" शोभा ने पूछा।

"मैं क्या जानूं !" चाची के माथे पर बल पड़ गए। शोभा को झूठ

बोलना पड़ा, बोली, "जाने से पहले मैंने उसकी जरसी देखी थी, उसमें न छुरी थी न पैसा। बस, ताश के पते थे।"

चाची भड़ककर बोली, "ताश,ताश, हर वक़्त ताश। वह कम्बख़्त झग्गा उसे कहीं जुआ खिलाने ले गया होगा।" चाची अंदर चली गई। शोभा वहीं खड़ी रही, क्योंकि सामने से अब उसे रसना और उसका मंगेतर आते हुए नज़र आ रहे थे। दोनों ने नए कपड़े पहन रखे थे और दोनों हाथ से हाथ लेकर ख़ुश और मगन चले आ रहे थे कि यकायक शोभा को दरवाज़े पर खड़ा देखकर दोनों ने धीरे से अपने हाथ अलग कर लिये।

रसना ने आगे बढ़कर शोभा से कहा, "हम आ गए शोभा।" फिर अपने मंगेतर को हाथ से पकड़कर उसे आगे लाते हुए बोली, "यह है।" परिचय कराते हुए वह शरमा गई। मंगेतर ने आगे बढ़कर हाथ मिलाते हुए अपना परिचय कराया, "मैं विलियम हूं—विलियम।"

"हैलो," शोभा ने हाथ मिलाया, मगर वह बिल्कुल ग़ायब रही। उसे यों ग़ायब देखकर विलियम दोबारा बोला, "मेरा पूरा नाम विलियम कबराल है।" उसने शोभा का हाथ नहीं छोड़ा।

शोभा ने बिना किसी भाव के यंत्रवत् कहा, "मैं शोभा हूं।" मगर उसके चेहरे पर कोई मुस्कराहट नहीं आई। विलियम उसका हाथ हिलाते हुए कहने लगा, "हैलो !"

"हैलो !" शोभा ने मरी हुई आवाज़ में कहा।

रसना ने कहा, "यह मेरा मंगेतर है।"

"अच्छा !" शोभा ने उत्तर दिया और रसना की ओर देखकर सर हिलाया।

"हां, मैं इसका मंगेतर हूं," विलियम ने कहा।

"अच्छा।" शोभा ने कहा और अब विलियम की ओर देखकर सर हिला दिया।

अब ख़ामोशी की लंबी और अटपटी-सी अवधि आई जिसमें किसीके पास कुछ कहने को नहीं था, फिर रसना ख़ुद बोल पड़ी, "आओ, अंदर चलें।"

यकायक शोभा ने चौंककर कहा, "हां, आओ, अंदर चलें।"

स्टूडियो में आकर विलियम ने चारों ओर देखा। रसना ने भी चारों ओर निगाह दौड़ाई। फिर उसकी निगाहें खिड़की वाले खाली सोफ़े पर जम गई। उसने शोभा से पूछा, "लाली कहां है?"

"घूमने गया है?"

"घूमने?" रसना की आवाज़ में निराशा थी, क्योंकि उसने शोभा से कह रखा था, कि वह विलियम को लाली से मिलाना चाहती है। मगर उसकी निराशा पर शोभा ने कोई ध्यान नहीं दिया।

रसना फिर बोली, "घूमने गया है?"

"हां।" शोभा ने कहा।

"ओह......" अब विलियम उदासी से बोल उठा।

यकायक रसना को कुछ याद आया, और वह याद आते ही उसका चेहरा ख़ुशी से खिल गया। और वह शेख़ी-भरे लहज़े में शोभा से कहने लगी, "विलियम को नई नौकरी मिल गई है, पहली तारीख़ से अब एक क्लब में काम करेगा, आफ़ीसर का जॉब है।"

मगर जब विलियम ने देखा कि इस ख़बर को भी शोभा पर कोई असर नहीं पड़ा तो वह कुछ परेशान होकर बोला, "बात यह है शोभा, कि रसना को ठीक से बताना नहीं आया। मैं उधर हेड बैरा का काम करूंगा—मांटफोर्ड क्लब में। काम अच्छा है, और रात को दस-पन्द्रह रुपये का टिप हो जाता है।"

"अच्छा," शोभा बोली।

"पगार भी अच्छा है।" विलियम ने बात को और समझाते हुए कहा। फिर असली आमदनी टिप में है, वो लोग जब ताश में जीत जाते हैं, तो

कभी-कभी रात में तीस-चालीस रुपये का टिप हो जाता है।"

"अच्छा !" शोभा ने फिर पूछा, या कहा—या जवाब दिया, वह स्वयं कुछ नहीं जानती थी, कि वह क्या कह रही है, क्यों कह रही है, धरती, आकाश, समय, स्थान, दिशाएं सब एक बाढ़ में बही जा रही थीं। कोई वस्तु निश्चित बची थी, हर तरफ़ एक गंदला-सा सन्नाटा था, जिसमें हर चीज़ बही जा रही थी। और कोई विरोध नहीं करता—कोई रोता नहीं—कोई चीखता नहीं। जैसे यों ही बहते चले जाना मौत के आख़िरी दरवाज़े तक, गंदली मटियाली, भयानक मंज़िल तक—यही हर एक का भाग्य हो, जैसे हर किसीने यह सहर्ष स्वीकार कर लिया हो। इस गहरे भंवर वाले सन्नाटे में कोई बोलता नहीं, सब लहरों पर चुपचाप बहते जा रहे हैं।

यकायक रसना ने अपनी पसंद के बारे में पूछा, "मेरा मंगतेर कैसा है ?"

"अच्छा।" शोभा बोली।

"हम लोगों ने दो कमरों का एक फ्लैट बोरीवली में किराये पर ले लिया है, हां..." रसना बोली, "और दो-तीन साल में जब हम रुपया जमा कर लेंगे, तो बाहर गांव में ज़मीन ले लेंगे, वहां अपना घर बनाने का विचार है। बाम्बे बहुत बड़ा शहर है, पर जब हम लोग के बच्चा लोग हो जाएगा तो—बाहर गांव में रहना हीं ठीक है।"

"अच्छा," शोभा बोली।

रसना बोली,...तुमने हमें विश, नहीं किया शोभा।"

"ओह, ''मैं भूल गई," शोभा ने दो-तीन बार अपनी पलकों को आंखों पर गिराकर उन्हें ज़ोर-ज़ोर से झुलाकर आंखें अच्छी तरह खोल दीं। फिर चेहरे पर एक मुस्कान लाकर विलियम से हाथ मिलाकर बोली, "गुडलक !" फिर खुशी से खिली हुई रसना की ओर जो देखा तो जाने क्यों उसका जी

भर आया। वह रसना के गले से लिपट गई और "गुडलक, रसना !" कहकर रोने लगी।

विलयम ने हैरान होकर पूछा, "यह रो क्यों रही है ?"

रसना बोली, "यह रोती है, क्योंकि यह दिल की बहुत अच्छी है।"

विलियम का दिल भी शोभा को रोते देखकर भर आया। "थैंक यू।" थैंक यू कहकर उसने भी रूमाल जेब से निकाला और अपने आंसू पोंछने लगा।

इतने में चंदन और चाची महंती दोनों डार्क-रूम से बाहर निकले। शोभा ने विलियम का परिचय कराया। और यह भी बताया कि ये लोग फोटो खिंचवाना चाहते हैं। चंदन ने खिड़की की मोर देखकर कहा, "अभी फोटो खींच लेंगे, वर्ना फिर अंधेरा हो जाएगा।"

चंदन ने रसना और विलियम को पोज़ देने के लिए अपने पास बुला लिया। फिर वह कैमरा ठीक करने लगा। शोभा को इस समय इस पूरे दृश्य में कोई दिलचस्पी नहीं थी। वह खिड़की में चली गई और आकाश की ओर देखने लगी। आकाश गंदला है, जैसे बाढ़ अभी-अभी उसपर से गुज़री हो। प्रकाश पर चारों ओर गंदले-भूरे कीचड़ की एक पतली तह-सी जम गई है, और उसपर लाली और झग्गा दूर तक चलते नज़र आ रहे हैं। और दूर क्षितिज तक वह इनके क़दमों के निशान देख सकती है। पहले वे पूरे क़द के थे, फिर बौने-से दिखाई देने लगे, फिर गुड्डे-से, फिर ऐक बिन्दी की भांति-से। अंत में वे दो बिंदुओं से भी मद्धिम हो गए। फिर केवल क़दम रह गए फिर बाढ़ का एक रेला आया, और उन क़दमों को भी बहा ले गया। शोभा ने खिड़की के चौखटे पर अपना सर टिका दिया और आंखें। बंद कर लीं। आंसू बाढ़ की तरह उसकी बंद आंखों से निकलकर उसके गालों पर बहने लगे। उसका जी चाहा, वह मर जाए।

शोभा ने चंदन से पूछा, "भैया, बताना ज़रा, टाइम क्या है ?"

चंदन ने कहा, "पौने छः बजे हैं।"

7

"पौने छः हो गए ?" अंधेरी-स्टेशन पर उतरकर झग्गे ने सबसे पहले लोकल टाइम पर निगाह डाली। "अब जल्दी से चल देना चाहिए।"

रेल का पुल पार करके गेट से बाहर निकल कर वे घास के गट्ठों और आम बेचने वालों, और रेडीमेड कपड़े बेचने वालों की भीड़ में से निकलते हुए अशोक सिनेमा की सड़क से चलकर अंडर ब्रिज से आगे जाकर रेलवे-लाइन के किनारे-किनारे चलने लगे। यहां पर रेल की पटरी ज़मीन से काफ़ी ऊंची थी, जिसे लेदर फ़ैक्टरी के मज़दूर शार्ट-कट की तरह इस्तेमाल करते थे।

चलते-चलते वे दोनों एक सुनसान जगह पर पहुंच गए। यहां पर पगडंडी बहुत नीची थी, और रेल की पटरी तक जाने के लिए पगडंडी से ऊंचाई तक लकड़ी का एक ज़ीना लगा था। ऊपर जहां जीना ख़त्म होता था, वहां सिगनल का खंभा था। और दाएं-बाएं थोड़ी-थोड़ी दूरी पर बिजली के खंभे। ऊंचाई से कुछ आगे पगडंडी से कुछ दूरी पर खाइयां थीं जिनमें पानी भरा था। और उनसे आगे पेड़ों की एक लम्बी लाइन थी, और उनमें छुपे हुए मकानों की छतें, कहीं-कहीं घने पत्तों और डालियों

के बीच दिखाई दे जाती थीं। जब झग्गा और लाली आउटर सिगनल के खंभे तक चलते-चल ते पहुंचे तो झग्गे ने लकड़ी के इस ज़ीने को देखकर अपने क़दम रोक लिये। उसने लाली से कहा, "आओ, इस ज़ीने से नीचे पगडंडी पर उतर जाएं।"

मगर लाली अभी तक उस गाड़ी की ओर देख रहा था, जो अभी-अभी इधर से गई थी। उसके कानों में अभी तक फ्रंटियर मेल के इंजन की दहाड़ गूंज रही थी। उसने झग्गे की बात को अनसुना करते हुए कहा, "अगर तुम इस समय कान रेल की पटरी से लगा दो, तो तुम इस गाड़ी की धमक दूर तक सुन सकते हो।"

झग्गे ने लापरवाही से कहा, "हां, मुझे मालूम है।"

मगर लाली की आंखों में अभी तक वही कहीं दूर जाने वाली निगाह थी, उसने बड़ी हसरत से ओझल होती हुई रेलगाड़ी की ओर देखकर कहा, "तुम्हें मालूम है, यह गाड़ी जो अभी इधर से गई है कहां तक जाती है ?"

"कहां तक ?" झग्गा बम्बई से बाहर नहीं गया, यहीं पैदा हुआ, यहीं पला-बढ़ा, यहीं उसने कई बार जेल काटी, यहीं एक दिन मर भी जाएगा। और उसे बंबई से बाहर कहीं जाने की इच्छा भी नहीं है, इसीलिए झग्गे ने वैसे ही लापरवाही से और विरक्ति के भाव से लाली से पूछा, "कहां तक ?"

"दिल्ली तक।"

"आगे नहीं ?"

"आगे भी जाती है।"

झग्गा सीढ़ियां उतरकर ऊंचाई से नीचे पगडंडी पर चला गया। पर लाली अभी तक सिगनल के खंभे के पास ऊंचाई पर ही खड़ा था। झग्गे ने नीचे उतरके ऊपर लाली की ओर देखा, और बोला, "छः बज रहे होंगे अब, तुम भी नीचे उतर आओ।"

"घबराओ नहीं," लाली बोला। "मैं कहीं भागने की तैयारी नहीं कर रहा हूं।"

झग्गे ने अपने दिल की बेचैनी छुपाते हुए कहा, "मगर भागकर तुम्हें क्या मिल जाएगा ? थोड़ी देर में हरिदास ख़ज़ांची आता होगा बत्तीस हज़ार लेकर। फिर तुम उससे बड़ी मिठास से बात करोगे।"

लाली ने नक़ल करते हुए कहा, "भैया ज़रा बताना, तुम्हारी घड़ी में टाइम क्या है ?"

"और फिर वह अपनी कलाई की घड़ी देखकर तुम्हें टाइम बताएगा।"

"हो सकता है, वह आज न आए," लाली बोला, जैसे यह उसके दिल की आवाज़ हो। झग्गे ने सर हिलाकर विश्वासभरे स्वर में कहा, "यह कैसे हो सकता है। आज दस तारीख है, आज उसे साढ़े छः बजे से पहले पगार बांट देनी है। लाली साहब, नीचे उतर आओ न, उधर क्या देख रहे हो ?"

लाली ने बड़ी हैरत से कहा, "देख रहा हूं, रेल की पटरी चली जा रही है, चली जा रही है, जहां तक नज़र काम करती है।"

झग्गे ने उकताहट से कहा, "इसमें देखने की क्या बात है ?"

"कभी-कभी ठंडी गाड़ी इसपर से निकलती है, कांच के नीले-नीले दोहरे शीशे और अंदर लोग बैठे हुए हैं।"

"अच्छे कपड़े पहने हुए।" झग्गा बोला।

"अख़बार पढ़ते हुए।"

"सिगार पीते हुए।"

"और ख़ूबसूरत औरतें," लाली की आंखों में प्यार की धुंध छाने लगी।

"रेशमी साड़ियां पहने हुए, सजे हुए जूड़ों को अपनी नाज़ुक उंगलियों से ठीक करती हुई।"

झग्गे ने पूछा, "वह आ रहा है क्या ?"

लाली ने दूर तक निगाह दौड़ाकर कहा, "अभी तो कहीं नज़र नहीं आता।" फिर वह सीढ़ियों से नीचे पगडंडी पर उतर आया और झग्गे से पूछने लगा, "क्या तुमने कभी तार के खंभों को सुना है।"

"हां।" झग्गा बोला। "जब हवा चलती है तो सन्न-सन्न की आवाज़ आती है।"

"नहीं," लाली ने सर हिलाकर कहा, "जब हवा नहीं चलती है, तब भी तुम उन तारों को सुन सकते हो। लोग उन तारों पर बातें करते हैं।"

"कौन लोग ?" झग्गा ने पूछा।

"अमीर लोग," लाली बोला।

"क्या बातें करते हैं ?"

"जाने कैसी बातें करते हैं," लाली धीरे से बोला, क्योंकि यह तो उसे भी मालूम नहीं था कि अमीर लोग क्या बातें करते हैं। उसकी अब तक की ज़िन्दगी जिन लोगों में बीती थी उनमें कोई अमीर न था।

"इधर से वह बातें करते हैं, उधर से दूसरे अमीर लोग जवाब देते हैं। तार गूंजते हैं, दम—दम—दम—दम—"

"वह दमदम – दमदम – दमदम क्यों करते हैं ?" झग्गे ने पूछा।

"वह बोलते हैं दाम—दाम—दाम—यानी पैसा—पैसा—पैसा, तुम कान लगाके सुनो।

"काहे को ?"

"उनकी पूरी बात सुनने को," लाली ने बताया।

"तुम एकदम पागल हो," झग्गा ज़ोर से हंसा। "तुमको एक ही बीमारी है, पैसा। घबराओ नहीं, बहुत जल्दी हमारे पास भी पैसा हो जाएगा—ढेर सारा रुपया !"

लाली हंसकर कहने लगा, "में कहूंगा—'भैयाजी, ज़रा बताना तुम्हारी

घड़ी में क्या टाइम है ?"

झग्गा संजीदगी से बोला, "क़मबख़्त अभी तक नहीं आया।" फिर टहलते-टहलते रुक गया। लाली से पूछने लगा, "तुम्हारे पास ताश है ?"

लाली ने जरसी के अन्दर से ताश निकाला।

"पैसै भी हैं ?" झग्गे ने पूछा।

"ग्यारह आने," लाली ने उसे बताया।

झग्गा लकड़ी के ज़ीने पर दाई तरफ़ बैठ गया, ताकि हरिदास को आते हुए दूर से देख सके। लाली बाई ओर कोने पर बैठ गया, बीच के ज़ीने के तख़्ते को उन्होंने पत्ते फेंकने के लिए साफ़ कर लिया। झग्गे ने ताश फेंटते हुए कहा, "तो चलो, निकालो ग्यारह आने। ग्यारह आने ही सही। दांव लगाए बिना ताश खेलने का मज़ा ही नहीं आता।"

"तो शुरू करो," लाली बोला।

झग्गे ने बड़ी होशियारी से पत्ते फेंटे। फिर दोनों फ़्लाश खेलने लगे। पहले ही हल्ले में झग्गा जीत गया। ग्यारह आने उसने जेब में डाल लिये।

लाली बोला, "अब आगे चलो।"

"आगे क्या चलूं," झग्गा ने ग़ैरियत से कहा। "और पैसे हैं तुम्हारे पास ?"

"नहीं।"

"तो फिर ख़त्म समझो।" झग्गे ने ताश के सारे पत्ते मिलाके ताश इकट्ठे करके रख दिए। "हां, अगर तुम दूसरे ढंग से खेलना चाहो ..."

"किस ढंग से ?" लाली ने पूछा।

"उधार लेकर।"

"मुझपर भरोसा करोगे ?"

"नहीं," झग्गा बोला, "मगर मैं बाद में काट लूंगा।"

"किसमें से ?" लाली की समझ में कुछ न आया।

"जो सोलह हज़ार तुम्हें मिलेंगे, उसमें से" झग्गा ने उत्तर दिया।

लाली चौंक गया। एकदम उसका चेहरा लाल हो गया, उसने पगडंडी पर नज़र दौड़ाई, कहीं ख़ज़ाची तो नहीं चला आ रहा है। फिर जब देखा कि कोई नहीं आ रहा है तो धीरे से मीठे लहज़े में बोला, "अच्छा, तो शुरू करो।"

झग्गा बोला, "ख़ज़ाची बत्तीस हज़ार रुपये ला रहा है, उसमें से मेरा हिस्सा सोलह हज़ार का है, तुम्हारा भी इतने ही का है। तो अब उस अपने हिस्से में से मैं आठ हज़ार रुपये दांव पर लगाऊंगा, आठ हज़ार तुम लगाओ।"

"ठीक है।"

"जिसके भाग्य में होगा, उसे ज़्यादा माल मिल जाएगा।"

"तो शुरू करो।"

झग्गा फिर गड्डी फेंटकर पत्ते बांटने लगा। दोनों अपने-अपने पत्तों के हिसाब से दांव लगाने लगे, मगर खेल के दौरान यह बात साफ़ होती गई कि लाली बिल्कुल अनाड़ी है और झग्गा चालाक और बेहद बेईमान। वह फ़्लाश का मंजा हुआ होशियार खिलाड़ी मालूम होता था जो इस चतुराई से ताश के पत्ते लगाता था कि लाली उसे पकड़ नहीं सकता था। मगर ज्यों-ज्यों लाली हारता जाता था, उसका शक झग्गे पर बढ़ता जाता था कि ज़रूर यह पत्ते लगा रहा है। इस घबराहट, ग़ुस्से और ज़िद में लाली अंधाधुंध अनाड़ियों की तरह ब्लाइंड पर ब्लाइंड चलता गया और बाज़ी हारता गया। अंतिम दांव भी झग्गे ने जीत लिया और तीनों पत्ते लाली को

दिखाकर उन्हें जल्दी से ताश में मिलाकर ताश फेंटने लगा, कि लाली ने ग़ुस्से में आकर उसका हाथ पकड़ लिया और गरजकर बोला, "तुम पत्ते लगा रहे हो, बेईमान !"

झग्गे ने कहा, "कौन मैं ?" अभी वह कुछ कहने ही वाला था कि उसे हरिदास आता हुआ दिखाई दिया। उसने धीरे से लाली से कहा, "शि श्श शिश..." और हरिदास की ओर इशारा किया। लाली ने झग्गे का हाथ छोड़ दिया और मूर्खों की तरह खड़ा हो गया। झग्गा एकदम सीढ़ियों से उठा और ख़ज़ांची का रास्ता काटकर उसके पीछे-पीछे हो लिया। लाली अभी तक एक बेवकूफ़ की तरह मुंह खोले खड़ा था। ख़ज़ांची के पीछे से जब झग्गे ने उसे इशारा किया तो वह होश में आया, और उसने कांपते हुए स्वर में होंठों पर ज़ुबान फेरकर ख़ज़ांची से कहा, "भैया साहब, क्या टाइम है आपके वक़्त में ?" लाली एकदम गड़बड़ा गया था उसे कुछ मालूम नहीं था कि वह क्या कह रहा है। मगर झग्गे ने उसके पूछते ही अपना चाकू निकाला और मारने के लिए हरिदास पर झपटा, कि इतने में ख़ज़ांची ने बड़ी फुर्ती से मुड़कर झग्गे का वह हाथ जिसमें उसने चाकू उठाया था, ज़ोर से दबा लिया, और इतने ज़ोर से मोड़ा कि 'सी' की आवाज़ निकालकर झग्गा नीचे पगडंडी पर गिर गया। मगर हरिदास ने उसका हाथ नहीं छोड़ा, क्योंकि वह दोहरे बदन का हट्टा-कट्टा कसरती चालीस वर्ष का आदमी था। जल्दी से उसने अपनी जेब में हाथ डालकर पिस्तौल निकाला और उसकी नाली लाली के सीने पर रख दी, और फिर घड़ी देखकर मज़ाक उड़ाते हुए कहा, "तुमने टाइम पूछा था न मेरे भाई ? सो टाइम है छः बजकर पच्चीस मिनट।" इतना कहकर उसने एक बार लाली को देखा, जिसके सीने पर उसका पिस्तौल रखा था। दूसरी बार नीचे गिरे हुए झग्गे की ओर, जिसकी कलाई इस समय उसके हाथ में जकड़ी हुई थी। धीरे से मुस्कराकर बोला, "आज भगवान् ने बड़ी कृपा

की, मैंने वही हाथ पकड़ लिया जिसमें चाकू था, वरना...”

फिर वह रुककर लाली से कहने लगा, “अब आराम से यहीं खड़े रहो नहीं तो यह रिवाल्वर देखते हो ? इसमें छः गोलियां हैं, जब कि तुम दोनों के लिए केवल दो काफ़ी हैं।

झग्गा बड़ी खुशामद से कहने लगा, “मुझे जाने दो महाराज। मैंने कुछ नहीं किया।”

हरिदास ज़ोर से हंसा, “हा-हा-हा ! और यह क्या है तुम्हारे हाथ में ?” उसने झग्गे के हाथ को थोड़ा-सा और मोड़के और कसके उसे चाकू दिखाया जो अभी तक झग्गे की मुट्ठी में था। “क्या तुम यह समझते थे कि मेरे बैग में आम होंगे, जिन्हें तुम इस चाकू से काटकर खा जाओगे ? माफ़ करना भाई, मुझसे ग़लती हो गई, तुम्हारे लिए अपने बैग में फल लेकर नहीं आया।”

अब लाली ने कहा, “मगर...” मैं...मैं...तो ?”

“हां बेटे,” हरिदास ने उसकी बात पूरी होने से पहले ही ज़हर में बुझे हुए लहज़े में कहा, “तुमने तो सिर्फ़ टाइम पूछा—सिर्फ़ टाइम, सो बता रहा हूं—अब छः बजकर सत्ताईस मिनट हो चुके हैं।”

“हमें छोड़ दो सरकार...हमने कुछ नहीं किया।”

“मैं सरकार नहीं हूं भाई, मैं एक ग़रीब मौकरी बजाने वाला ख़ज़ांची हूं। सरकार के सामने तो अब तुम्हें जाना पड़ेगा, जहां इतनी जल्दी तुम्हारा छुटकारा नहीं होगा क्योंकि अगर मैं होशियार न होता तो तुम्हारा चाकू अब तक मेरी पसलियों में घुस गया होता, दिल के पार, क्यों ?”

मगर लाली ने सूखे हुए होंठों से फीके-फीके लहज़े में कहने की कोशिश की, “मैंने तो कुछ नहीं किया, मैं बिल्कुल बेक़सूर हूं।”

हरिदास ठट्ठा मारकर हंसा, बोला, “पीछे मुड़कर देखो, घबराओ

नहीं, ज़रा पीछे मुड़कर देखो। मगर भागने की कोशिश न करना, वर्ना यह रिवाल्वर तुम्हें वहीं लिटा देगा, देखो तो, कौन आ रहा है?"

लाली ने मुड़कर देखा फिर घबराहट से झग्गा को देखकर बोला, "पुलिस !"

झग्गे ने फिसलने की कोशिश की, हरिदास गरजकर बोला, "बस, चुपचाप पड़े रहो।" फिर लाली की ओर मुड़कर बोला, "पुलिस के कितने आदमी तुम्हें नज़र आते हैं ?"

"दो," लाली ने धीरे से कहा। शर्म से उसकी आंखें झुक गईं, चेहरा लाल हो गया।

"देख लिया ?" हरिदास ने पूछा। "अब बचके कहां जाओगे, बेटा ?" फिर हंसकर बोला, "इतने बेवकूफ़ मैंने कहीं नहीं देखे। संयोग से आज ही रिवाल्वर मैंने जेब में रख लिया था और अगर न भी होता तो मैं तुम्हारे जैसे चार गुंडों पर भारी हूं।" उसने झग्गे को एक ठोकर मारी, झग्गा तड़पने लगा और सांप की तरह लचक-लचककर बल खाने लगा। हरिदास बोलता गया, "तुमने इतना भी नहीं सोचा, कि मैं किधर से आ रहा हूं, रुपये के लालच ने तुम्हें इतना अंधा कर दिया है कि तुमने यह भी न सोचा कि मैं फ़ैक्टरी की ओर नहीं जा रहा हूं, फ़ैक्टरी से आ रहा हूं।"

लाली के चेहरे का रंग उड़ गया, उसने भौचक्का-सा होकर ज़बान दांतों-तले रख ली।

हरिदास बड़े धैर्य से बोला, "अब से आधा घंटा पहले मेरे बैग में बत्तीस हज़ार रुपये थे, मगर इस समय एक धेला भी नहीं है, क्योंकि पगार बांटकर आ रहा हूं, पगार बांटने नहीं जा रहा हूं।" झग्गे का लचकीला शरीर तुड़-मुड़कर किसी न किसी तरह हरिदास की पकड़ से छूटने की कोशिश कर रहा था। हरिदास के दोनों हाथ उलझे थे, इसलिए उसने चिल्लाकर आते हुए संतरियों से कहा, "अरे, जल्दी आओ संतरीजी, ये जान बचाकर भागने

की फ़िक्र में हैं।"

यकायक झग्गे ने लचककर और ज़ोर लगाकर अपनी कलाई छुड़ा ली, और भाग खड़ा हुआ। ज्यों ही हरिदास ने रिवाल्वर की नाली का मुंह झग्गे की ओर किया, लाली अवसर पाकर लकड़ी के ज़ीने पर चढ़ने लगा, रेल की पटरी को पार करके भागने की नीयत से। दूसरे शिकार को हाथ से निकलते देखकर हरिदास ने झग्गे का ख्याल छोड़कर लाली की तरफ़ मुंह किया। इससे झग्गे को और भी भागने का मौक़ा मिल गया। हरिदास ने चिल्लाकर कहा, "रुक जाओ, रुक जाओ, वर्ना गोली मार दूंगा।" मगर झग्गा पेड़ों के झुरमुट में ओझल हो चुका था, हरिदास ने संतरियों को आवाज़ दी, "जल्दी आओ, अरे जल्दी पहुंचो, बर्ना दूसरा भी हाथ से जाएगा।" फिर उसने लाली की ओर पिस्तौल का निशाना लगाके कहा, "रुक जाओ, भागने की कोशिश मत करो, वर्ना पिस्तौल दाग दूंगा।"

इतने में एक पुलिसमैन हरिदास के चिल्लाने की आवाज़ सुनकर पहले पहुंच गया। उसे आते देखकर हरिदास की जान में जान आई, पुलिस के बिना वह रिवाल्वर का प्रयोग करना नहीं चाहता था। पुलिसमैन के आने के बाद उसने बड़ी सावधानी से पिस्तौल का मुंह लाली की ओर किया जो अब जीना चढ़कर रेलवे लाइन की ऊंचाई पर सिगनल के खंभे के पास पहुंच चुका था।

पुलिसमैन ने चिल्लाकर कहा, "रुक जाओ, भागो मत, वरना मार दिए जाओगे।"

हरिदास चिल्लाकर बोला, "मेरे भैया, अब टाइम बताऊं, सात साल... पूरे सात साल जेल में।"

लाली रेल की पटरी की ऊंचाई पर खड़ा हुआ, पगडंडी पर खड़े इन दोनों आदमियों से बहुत ऊंचा नज़र आ रहा था, ऊंचा और लंबातगड़ा। उसकी गर्दन अहंकार से ऊपर उठ गई, नथुने घृणा से फड़कने

लगे। उसने घूमकर हरिदास और पुलिसमैन को बड़े तिरस्कार से देखा और बोला, "तुम लाली को नहीं पकड़ सकते, कभी नहीं पकड़ सकते !" फिर आंखें ऊपर उठाकर उसने एक पल के लिए आसमान को देखा, और बोला, "लाली कभी जेल नहीं जाएगा।" इतना कहकर उसने जरसी में हाथ डालकर छुरी निकाल ली और एक अजीब घुटी हुई चीख़ के साथ चीख़ा, "शोभा !" दूसरे क्षण उसने पूरी छुरी अपने सीने में उतार ली।

हरिदास के हाथ से रिवाल्वर गिर पड़ा। पुलिसमैन भी धक्-से रह गया। छुरी भोंक लेने के बाद भी लाली कुछ क्षण तक रेलवे लाइन की ऊंचाई पर खड़ा रहा, फिर लड़खड़ाया और फिर कटे हुए पेड़ की तरह धरती पर लुढ़क गया, और लकड़ी के ज़ीने से लुढ़कता, पटखनिया खाता हुआ, हरिदास और पुलिसमैन के क़दमों में आ गिरा।

अब दूसरा सिपाही भी आ चुका था, हांफता हुआ। वह मोटे शरीर का आदमी था इसलिए उसे आने में इतनी देर हुई। हरिदास ने घबराए हुए लहज़े में आने वाले दूसरे सिपाही से कहा, "छुरा मार लिया।"

"सीने के अंदर," पहला सिपाही बोला।

"मैं फ़ैक्टरी से टेलीफोन करता हूं" हरिदास रिवाल्वर उठाते हुए बोला, और पिस्पौल को कोट की जेब में रखकर हैरत से सर हिलाकर फ़ैक्टरी की ओर चला गया।

दूसरे संतरी ने झुककर लाली की नाड़ी देखी, फिर आंखें ऊपर उठाकर पहले संतरी से कहने लगा, "अभी ज़िंदा है, सांस चल रही है। फ़ैक्टरी में शायद कोई डाक्टर होगा, उसे भी लाना चाहिए। मैं भागकर खज़ांची से कहता हूं। तुम तब तक वो दोनों बाइसिकलें यहां लेकर आओ।"

दूसरा संतरी खज़ांची के पीछे गया। पहला संतरी गंदे नाले के पास, जहां उन्होंने अपनी साइकिलें गिरा दी थीं, उठाने चला गया।

लाली अकेला ज़मीन पर लेटा था। उसके खून से मिट्टी लाल होती जा रही थी।

थोड़ी ही देर में पहला संतरी दोनों साइकिलें ले आया। दोनों साइकिलें उसने लाली के पास गिरा दीं। यकायक ऊपर सिगनल की लाल बत्ती जल गई, इतने ही में दूसरा संतरी भी वापस आ गया। दोनों दायें-बायें लकड़ी के ज़ीने पर बैठकर डाक्टर का इंतज़ार करने लगे। लाली उनके क़दमों में पड़ा था।

"हे बाबू," पहले संतरी ने कहा।

"क्या है ?"

"इसके सीने से छुरा निकाल लें ?"

दूसरा संतरी, जो पहले संतरी से ज़्यादा, होशियार, पुराना, तज़ुर्बेकार और सीनियर मालूम होता था, पहले संतरी की ओर देखकर कहने लगा, "नहीं, जल्दी से मर जाएगा। इतना खून बहेगा कि फौरन मर जाएगा। छुरा वहीं सीने में रहने दो।"

पहले संतरी ने इधर-उधर देखा, फिर अपनी नंगी जांघ पर ज़ोर से हाथ मारकर बड़ी बेचैनी से कहा, "इथर मच्छर बहुत हैं।"

"हां", दूसरा संतरी बोला, "पास में अंधेरी का गंदा नाला बहता है न।"

पहला संतरी थोड़ी देर चुप रहा, फिर बोला, "मोमद भाई ?"

"हूं ?"

"बीड़ी है ?"

दूसरे संतरी ने जेब से टटोलकर बीड़ी का एक मुड़ा-तुड़ा बंडल निकाला, एक बीड़ी मुंह में रखी, दूसरी बीड़ी पहले संतरी को दी।

दूसरे संतरी ने जेब टटोलकर माचिस निकाली, पहले संतरी की बीड़ी सुलगाई, फिर अपनी सुलगाई, मुंह से धुआं निकालते हुए बोला, "सरकार ने हमारी पगार तो बढ़ा दी है, पर महंगाई पहले से ज़्यादा बढ़ गई है, कैसे

ज़िंदा रहेंगे ?"

उसने माचिस की जलती हुई तीली उंगली से उचकाकर फेंक दी। जलती तीली नीचे लाली के बालों में जा गिरी फिर वहीं बुझ गई। एक पल धुएं की एक पतली लकीर-सी खिंची और मिट गई।

पहले संतरी ने लंबी सांस लेकर उदास स्वर में कहा, "ज़िंदगी कार्निवाल की तरह है, मेरे भाई। इसमें जानेवाला आख़िर को हारता है—हर कोई जीतने वाला भी, हारनेवाला भी, टिकट बेचने वाला भी, टिकट ख़रीदनेवाला भी। अंत में हर कोई हारता है। कुछ मिनट की खुशी, कुछ मिनट की रोशनियां, कुछ मिनट के लिए आदमी झूले में ऊपर जाता है, फिर नीचे आ जाता है, वहीं से जहां से वह चला था, समझ गए, मेरे भाई ?"

"हां।"

"क्या समझे ?"

"यही, पेट काटकर ज़िन्दा रहो। समय से पहले बुड्ढे हो जाओ—और मर जाओ—बस, यही है जिंदगी।"

हां, यही !!!"

"बिल्कुल यही !!!"

दोनों चुप होकर बीड़ी पीने लगे। दूर कहीं रेल की कूक सुनाई देने लगी, और ऊपर सिगनल से ट्रिन-ट्रिन की आवाज़ें आने लगी।

चंदन ने सर झुकाए स्टूडियो में प्रवेश किया। उसने सर उठाए बिना फर्श की ओर देखते हुए कहा, "वह उसे ला रहे हैं।"

किसीने कोई जवाब न दिया, तो वह फिर ख़ुद ही बोला, "फ़ैक्टरी के दो आदमी स्ट्रेचर पर लादकर उसे यहां ला रहे हैं।" स्टूडियो का हॉल फर्नीचर और सामान हटाकर साफ़ कर दिया गया था। कैमरा, ट्राली और रंगीन पर्दे पीछे हटाकर दीवार से लगा दिए गए थे। स्टूल और दो बेंच भी दूसरी दीवार से लगा दिए गए थे। एक कोने में चारपाई बिछा दी गई थी और उसके पास शोभा खड़ी थी। विलियम और रसना को भी ख़बर हो गई थी। और वे दोनों दीवार से लगे लकड़ी के बेंच पर सर झुकाए बैठे थे। उनके पास चाची महंती खड़ी थी। शोभा की निगाह सिर्फ़ दरवाज़े पर थी।

चंदन बोला, "फ़ैक्टरी का डाक्टर किसी केस को देखने बाहर गया था, उसे टेलीफोन कर दिया है। वह अभी आता ही होगा।"

रसना बोली, "अगर डाक्टर वक़्त पर आ गया तो शायद वह बच जाए।"

"सीने का घाव बहुत गहरा है," चंदन ने सोच-सोचकर कहा। "पर वह अभी सांस लेता है। पहले तो वह बेहोश था, पर जब उसे स्ट्रेचर पर लिटाया तो होश में आने लगा।"

विलियम बोला, "हिलने-जुलने से होश में आ गया होगा।" चंदन ने दरवाज़े की ओर देखकर कहा, "वे आ रहे हैं।"

रसना बोली, "जगह कर दो।"

फ़ैक्टरी के दो मज़दूर लाली को स्ट्रेचर पर उठाए हुए अंदर आ गए। विलियम और रसना दोनों बेंच से उठकर खड़े हो गए। शोभा ने ख़ामोशी से मज़दूरों को आगे चारपाई की ओर बढ़ने का इशारा किया। उन दोनों मज़दूरों

ने बड़ी सावधानी से स्ट्रेचर की चारपाई पर रख दिया और फिर कुछ क्षण बाद पीछे हटकर उस ग्रुप में जा मिले जहां विलियम, रसना, चाची महंती और चंदन खड़े थे।

सिर्फ़ शोभा चारपाई के पास खड़ी थी, उसकी निगाहें मानो लाली के चेहरे से चिपक गई थीं, किसी तरह हटने का नाम न लेती थीं। इतने में मोहम्मद भाई संतरी अंदर आया और शोभा की ओर ग़ौर से देखने के बाद बोला, "तुम इसकी औरत हो ?"

शोभा ने धीरे से स्वीकृति में सर हिलाया।

मोहम्मद भाई बड़ी नरमी से बोला, "फ़ैक्टरी का डाक्टर अभी तक आया नहीं था, इसलिए कम्पाउंडर ने इसकी पट्टी कर दी पर इसको हिलने-जुलने नहीं देना। ख़तरनाक होगा।"

शोभा ने कोई जवाब नहीं दिया।

मोहम्मद भाई ने उसकी ओर देखकर परेशान होकर सर खुजाया, फिर धीरे से बोला, "डाक्टर अब आता ही होगा, तब तक इसे ऐसे ही पड़ा रहने दो।"

इतना कहकर वह उल्टे पांव लौट गया, फिर मुड़कर दरवाज़े से बाहर जाने लगा। विलियम, रसना, चंदन, चाची महंती-जो ग्रुप बनाए दरवाज़े के पास खड़े थे, हट गए और उसे रास्ता दे दिया। संतरी बाहर चला गया।

कुछ देर बड़ी कष्टप्रद ख़ामोशी रही। फिर विलियम को ध्यान आया, उसने धीरे से रसना को कुहनी मारकर कहा, "हमको भी इस टाइम बाहर चला जाना चाहिए, यही ठीक रहेगा।"

रसना आगे बढ़कर शोभा के पास गई और बोली, "शोभा, तुम्हारा क्या ख़्याल है ?"

शोभा कुछ नहीं बोली।

"तो हम बाहर बैठे हैं। बाहर बेंच पर, ज़रूरत पड़े तो बुला

लेना।"

शोभा ने फिर भी कोई जवाब न दिया, तो रसना, विलियम, चंदन, चाची महंती सर झुकाए, स्टूडियो के बाहर चले गए।

अब सिर्फ शोभा लाली के पास थी। कुछ क्षण बाद लाली ने आंख खोली, शोभा को देखा, अपना एक हाथ धीरे से उठाया। शोभा ने जल्दी से झुककर चारपाई के पास आकर लाली का उठा हुआ हाथ अपने हाथ में ले लिया।

लाली ने बिस्तर से उठने की कोशिश की। वह ज़रा-सा उठा, पूरा उठकर बैठ नहीं सका, उसी हालत में शोभा की ओर अजीब-अजीब निगाहों से देखकर बोला, "शोभा—मेरी मुनिया—बात सुनो। जैसे ईरानी के होटल में कुछ खाते समय-यानी खाने के बाद, सब चुकाना पड़ता है, जब बैरा बिल लेकर आता है, तो इसी तरह मेरा बैरा बिल लेके आ गया है। मुनिया, मुझे सब चुकाना पड़ेगा। बेशक मैंने मारा, मगर ग़ुस्से से नहीं, तुमसे नाराज़ होकर भी नहीं, बल्कि इसीलिए कि—कि मैं तुम्हारा दुःख नहीं देख सका। जिस तरह तुम हमेशा मेरे लिए कुढ़ती थी, वह मुझसे बर्दाश्त न हो सका—और मैंने तुम्हें दो हाथ लगा दिए। मैंने ज़िंदगी में कोई काम नहीं सीखा, केयर-टेकर मैं कैसे बन जाता ? मैं केयर-टेकर बनने के लिए पैदा नहीं हुआ था। कार्निवाल नहीं जा सका।—मैं होशंगबाई का लौंडा बनकर ज़िन्दा रहना नहीं चाहता था। और—अब—अब मैं कार्निवाल की दूसरी लड़कियों से भी कोई संबंध रखना नहीं चाहता था। समझती हो ?"

"हां," शोभा ने सर झुकाकर कहा।

"वह गिरधर दादा होशंगबाई के लिए बहुत अच्छा है। जो चुटकुले वह भीड़ में सुनाता है, वे सब मेरे सुनाए हुए हैं। मैंने तुमको कुछ नहीं दिया, घर नहीं दिया, कपड़े नहीं दिए। दो टाइम का खाना तक नहीं—ठीक है, मैं

अच्छा आदमी नहीं हूं—कभी नहीं था, मगर मैं केयर-टेकर नहीं बन सकता था। इसीलिए मैंने—सोचा—मैं तुम्हें लेकर आसाम चला जाऊंगा। तुम समझती हो ?"

"हां।"

"मैं तुमसे माफ़ी नहीं मांगता। मुझसे—जाने क्या बात है, माफ़ी नहीं मांगी जाती। आज तक—किसीसे भी नहीं। बड़ी बात है, पर तुम यह बात मेरे बच्चे से कह देना, कि लाली ने कभी किसीसे माफ़ी नहीं मांगी। आज तक नहीं, अच्छा !"

"अच्छा !"

"और मेरे बेटे से यह भी कह देना, लाली अच्छा आदमी नहीं था। फिर अगर वह आसाम पहुंच जाता, तो शायद वहां से एक नई ज़िंदगी... मगर जाने दो। मैं तुमसे भी माफ़ी नहीं मांग सकता, शोभा और अब तुम चाहो तो पुलिस को बुला लो। पता नहीं, लड़का हो कि लड़की ? पता नहीं, वहां उस पार—मुझे ऊपरवाले के सामने पेश किया जाएगा कि नहीं ?"

शोभा के मुंह से एक सिसकी निकल गई।

"ख़ैर, मुझे किसीका डर नहीं है, मगर मैं सीधा उसके सामने पेश होना चाहता हूं, किसी छोटे अफ़सर या संतरी के सामने नहीं। हां, अगर वह बढ़ई आए तो ज़रूर उससे शादी कर लेना, और बच्चा ? बच्चे से कह देना कि वही बढ़ई उसका बाप है। वह विश्वास कर लेगा, है न ?"

"हां।"

"जब मैंने तुम्हें पीटा...तुम्हें मारा...तो तुम मत समझना कि मैं ग़लती पर था। मैं ठीक था, कभी तो...लाली भी ठीक हो सकता है।...कोई मुझे नहीं समझा आज तक। सब...अपने आपको ठीक और मुझे ग़लत समझते रहे, है न ?"

"हां," शोभा रो कर बोली।

"शोभा, मेरा हाथ ज़ोर से पकड़ लो।" लाली ज़ोर से चिल्लाया।

शोभा बोली, "मैं तुम्हारा हाथ पकड़े हुए हूं।"

"ज़ोर से पकड़ लो मेरा हाथ।" लाली घुटे हुए स्वर में बोला जैसे उसका नरख़रा खिंच रहा हो।

शोभा ने उसका हाथ और ज़ोर से अपने हाथों में दबा लिया, तो लाली बोला, "शायद मैं जा रहा हूं, शोभा—अच्छा मुनिया !" लाली ने एक लम्बी सांस ली, फिर वापस तकिये पर अपना सर रख दिया। फिर यकायक कुछ ही क्षण में उसका सर एक ओर को ढुलक गया, हाथ नीचे गिर गया।

इतने में डॉक्टर दरवाज़े से अन्दर आया। उसके साथ वही पहला संतरी मोहम्मद भाई था। डॉक्टर ने पहले आते ही बेहद कारोबारी अन्दाज़ में शोभा की ओर इशारा करते हुए पूछा, "यह उसकी औरत है ?"

संतरी बोला, "जी।"

डॉक्टर के पीछे-पीछे विलियम, रसना, मिसेज़ होशंग, चंदन और महंती चले आ रहे थे। सब लोग सम्मानपूर्वक चारपाई से सटकर खड़े हो गए और डॉक्टर लाली का मुआइना करने लगा। मगर अब इस समय अंधेरा बढ़ गया था और स्टूडियो में उजाला भी कम था। रसना ने डॉक्टर से कहा, "रोशनी कम है ?"

चंदन डार्क-रूम से एक टार्च उठाकर लाया। डॉक्टर साहब ने टार्च को फ़ोकस करके रोशनी को लाली की पुतलियों में डाला, फिर टार्च बन्द करके उसने सांस की आवाज़ सुनने की कोशिश की। दिल की धड़कन, नब्ज़ टटोलने के बाद बोला, "किसीके पास फाउंटेन पेन होगा ?"

विलियम ने जल्दी से अपना फाउंटेन पेन डॉक्टर को दिया। डॉक्टर

ने अपनी जेब से एक छपा हुआ फ़ार्म निकाला, जिसका वह ऐसे ही अवसरों पर प्रयोग करता था। उसपर कुछ लिखकर अपने हस्ताक्षर करके उसने वह फ़ार्म शोभा को देते हुए कहा, "तुम्हारा घर वाला मर चुका है, यह सार्टीफ़िकेट तुम्हारे पास छोड़कर जा रहा हूं। म्यूनिसिपल कारपोरेशन वालों को दिखा देना या पुलिस को, या जिसे भी ज़रूरत हो।" फिर पलटकर संतरी से कहने लगा, "पोस्टमार्टम का इंतज़ाम जल्दी से करो।" फिर चाची महंती की ओर देखकर बोला, "मुझे तौलिया और साबुन चाहिए।"

मोहम्मद भाई बोला, "बाहर सब इंतज़ाम कर दिया है, डॉक्टर साहब।"

मोहम्मद भाई डॉक्टर को बाहर ले गया। अब पूरे ग्रुप ने चारपाई को घेर लिया। शोभा उसी तरह घुटने मोड़े चारपाई के पास बैठी थी, सर झुकाए।

रसना के दिल में अजीब-सा ग़ुस्सा उबल रहा था। वह कहना नहीं चाहती थी; मगर अपनी सहेली की हालत देखकर उससे रहा नहीं गया। ग़म और ग़ुस्सा दोनों ही उसकी आवाज़ में घुल गए थे, जब वह कहने लगी, "मैं मरने वाले को बुरा नहीं कहती, मे बी रेस्ट इन पीस। फिर तेरे साथ बुरा नहीं हुआ। सच कहती हूं शोभा, बुरा मत मानना।"

"हां," चाची महंती रसना की हां में हां मिलाकर बोली।

"वह भी बंधन से छूट गया, तू भी।"

शोभा चुप थी।

रसना बोली, "अभी तेरी उम्र ही क्या है, तीन महीने तो हुए शादी को... यह भी कोई ज़िंदगी है। तुम्हें ज़रूर कोई आदमी मिल जाएगा। ठीक है न ?"

शोभा के जवाब देने से पहले ही विलियम बोल उठा, "तुम ठीक

कहती हो, रसना।"

मगर रसना की इससे तसल्ली न हुई। उसने फिर शोभा से पूछा, "मैं ठीक कहती हूं न, शोभा ?"

'कौन ठीक है ? कौन ग़लत है ? क्या इसके जांचने का यही मौका है,' शोभा ने सोचा, 'और मान लूं कि वह सब ठीक ही हो, और हम दोनों भी हों, तो भी क्या दुनिया के सारे ठीक और सारे ग़लत इन्साम मिलकर भी इस एक जान को वापस ला सकते हैं ? यह कैसी दुनिया है, जो इस मरते समय भी सही और ग़लत का हिसाब करने से नहीं चूकती। कौन कहता है कि मुर्दे माफ़ कर दिए जाते हैं। इस दुनिया में सिर्फ़ ज़िंदों के लिए क्षमा, राहत, छूट और माफ़ी है। मुर्दो को कोई माफ़ नहीं करता। फिर अगर यह समय ऐसी बातें करने का नहीं है, तो ऐसे लोगों से उलझने का भी यह समय नहीं है।'

इसलिए धीरे से शोभा ने सर हिलाकर कहा, "तुम ठीक कहती हो, रसना।" शोभा का स्वर बिल्कुल निरीह था। इससे शायद चंदन को बात बढ़ाने की हिम्मत हुई, बोला, "वह बसंत रोज़ आती है, उसकी अपनी वर्कशाप है। अब बोलने में कोई हर्ज नहीं है। वह रोज़ इसीके लिए आता है।"

चाची ने सर हिलाकर कहा, "उसकी पहली औरत मर चुकी है, बस, दो बच्चे हैं। अच्छे स्वभाव का है, बिल्कुल तुम्हारी तरह।" चाची ने विलियम को देखकर सर हिला दिया।

शोभा चुप रही।

रसमा फिर बोली, जैसे उसे अपने कहे पर अब तक विश्वास में आया था—"मैं उसको बुरा नहीं कहती। पर वह अच्छा आदमी नहीं था।"

"यह तो मैं भी कहता हूं," विलियम बोला। "अच्छा आदमी अपनी वाइफ़ को कभी मारता-पीटता नहीं है।"

रसना सर हिलाकर बोली, "तुम ठीक कहते हो, विलियम !" फिर वह शोभा की ओर देखकर बोली, "क्यों शोभा, विलियम ठीक कहता है न ?"

"हां।"

"एक तरह से अच्छा ही हुआ।"

"हां।" विलियम ने निर्णयपूर्वक कहा, "यह भी गुनाह से छूट गई।" फिर वह ज़रा-सी देर रुककर बोला, "तुम्हारी उम्र क्या है शोभा ?"

"उन्नीस बरस।"

"उन्नीस, तो अभी तुम तो बच्ची हो।" विलियम ने दायें-बायें हैरत से सर हिलाके कहा। "जस्ट ए चाइल्ड। ठीक है न रसना ?"

"हां विलियम," रसना बोली, "तुम ठीक कहते हो।"

चंदन ने पूरी समस्या पर विचार करके मानो अन्तिम निर्णय दिया, "अगर मेरी मां का घर न होता, तो कौन इन दोनों को अपने घर में रखता? कौन इन्हें रोटी-कपड़ा देता ? आगे से मानसून आ रही है, कहां जाते ये दोनों ?"

रसना ने शोभा को धीरज देते हुए कहा, "एक साल बाद तुम भूल ही जाओगी।" इतना कहकर वह रुकी। शायद शोभा से वह अपनी इस बात की स्वीकृति चाहती थी। जब शोभा कुछ नहीं बोली, तो रसना ने फिर पूछा—"है न शोभा ?"

शोभा ने कहा, "हां रसना, तुम ठीक कहती हो।"

विलियम ने दायां पांव उठाकर अपने शरीर का सारा बोझ बायें पैर पर रखा। फिर बायां पैर उठाकर अपना बोझ दायें पैर पर रखा। फिर बड़े बेढंगेपन से कहने लगा, क्योंकि उसकी समझ में न आ रहा था क्या कहे, किस तरह इस अरुचिकर स्थिति से छुटकारा पाए। इसके साथ ही यह बात भी थी कि वास्तव में उसे शोभा से सहानुभूति थी, मगर लाली से न थी और

दिल विचित्र और परस्पर-विरोधी भावनाओं का केन्द्र बन गया था। वह एक शब्द सहानुभूति का कहना चाहता था। इसपर उसे विश्वास था कि अब तक जो कुछ उसने कहा था, वह सब ग़लत था।

इसलिए वह सर हिलाकर अजीब विषाद्-भरे स्वर में बोला, "तुम्हें किसी चीज़ की ज़रूरत पड़े—किसी मदद की—तो हमसे बोल देना। हम जाते हैं, कल फिर आ जाएंगे।" फिर वह मुड़कर रसना से कहने लगा, "चलो रसना।" इसके बाद उसने शोभा के सर पर हाथ रखा, और कहा, "गॉड बी विथ यू।"

रसना शोभा के गले से लग गई। अब शोभा भी सिसिकियां लेकर रोने लगी। रसना भी रोने लगी, तो शोभा रोते हुए उससे कहने लगी, "रो मत, रसना।"

रसना शोभा से अलग होते हुए बोली, "मैं कल आऊंगी।" वह आंसू पोछती हुई विलियम की बांहों का सहारा लेकर चली गई।

उसके जाने के बाद चाची महंती ने शोभा से कहा, "तुमने सुबह से कुछ नहीं खाया है, मैं तुम्हारे लिए चाय बनाती हूं।" चाची इतना कहकर किचिन में चली गई और चंदन अकेला शोभा के पास खड़ा रह गया। यकायक उसे आभास हुआ कि उसके पास शोभा का दुःख दूर करने के लिए, उसे ढारस देने तक के लिए शब्द नहीं है। इसलिए वह ख़ामोशी से सर झुकाकर डार्क-रूम में खिसक गया।

अब केवल मिसेज़ होशंग रह गई। उसकी आंखें लाल थीं और चेहरा बार-बार अजीब तरीके से फड़कता था। उसने चारपाई के पास आकर, चादर से ढंकी लाश की ओर देखकर शोभा से इजाज़त मांगी, "ज़रा मैं इसका चेहरा देख लूं।"

शोभा चुप रही।

वह फिर बोली, "क्या मुझसे नाराज़ हो ?"

"नहीं," शोभा ने बड़ी नरमी से कहा। "मैं किसीसे नाराज़ नहीं हूं।"

मिसेज़ होशंग चुपचाप ज़रा-ज़रा डोलती हुई चारपाई के पास खड़ी रही, फिर रुंधे स्वर में बोली, "आओ, सुलह कर लें।"

"सुलह के लिए अब रह क्या गया है" शोभा ने उत्तर दिया।

मिसेज़ होशंग कुछ क्षण चुप रहकर बोली, "सब लोग बेचारे को बुरा कह रहे हैं, सिवाय हम दोनों के। तुम जानती हो, यह इतना बुरा आदमी नहीं था ?"

"था," शोभा ज़ोर से बोली।

मिसेज़ होशंग एक पल के लिए हैरत में रह गई, फिर ज़रा-सा मुस्कराकर बोली, "तुम्हें मारता था, इसीलिए न ? मैं समझ सकती हूं" उसने दो-तीन बार सिर हिलाकर कहा, "पर वह मुझे भी मारता था...पर...अब मैं उन बातों को भूल चुकी हूं।"

शोभा बड़ी रुखाई से बोली, "वह तुम जानो।"

"मैं तुम्हारी कोई मदद कर सकती हूं ?" मिसेज़ होशंग ने बात बदलकर कहा।

"मुझे किसीकी मदद की जरूरत नहीं है," शोभा ने जवाब दिया।

मिसेज़ होशंग कुछ क्षण हिचकिचाती रही, फिर उसने यह बात कह दी जो वह काफ़ी दिनों से कहना चाहती थी, "मुझे उसके पंद्रह रुपये देने थे, पिछली पगार में से।"

"तो उसको दे दिए होते," शोभा ने कहा।

"ख़ैर...वह बेचारा तो मर चुका है।" मिसेज़ होशंग के दिल में दिलदारी की एक लहर उठी। "वह रुपये अब मैं तुमको दे सकती हूं। एक ही बात है।"

"मुझे नहीं चाहिए।"

मिसेज़ होशंग लंबी सांस लेकर बोली, "जैसी तुम्हारी मरज़ी !

मैं ज़बरदस्ती नहीं करूंगी। मैं इधर अब तक जो रुकी तो सिर्फ़ तुमसे सुलह करने के लिए—क्योंकि इस दुनिया में सिर्फ़ हम दो औरतें उससे प्रेम करती थीं—इसलिए मैंने सोचा कि हम दोनों को इस मुसीबत में एक-दूसरे का साथ देना चाहिए।"

"नहीं, मैं ऐसा नहीं सोचती," शोभा बोली।

"तो इसका मतलब यह हुआ" मिसेज़ होशंग ने अनुमान लगाकर कहा, और जो अनुमान उसने लगाया उससे उसे खुशी हुई, वह बोली, "तो इसका मतलब यह हुआ कि तुम उससे इतना प्यार नहीं करती थी जितना मैं करती थी।"

"हां"

"मैंने तुमसे बढ़कर उसे चाहा।"

"हां—मिसेज़ होशंग।"

मिसेज़ होशंग ने अपने होंठ चबाए, एक बार लाली को ग़ुस्से से घूरकर देखा, दूसरी बार शोभा को, फिर बिना कुछ कहे-सुने पलट गई और तेज़-तेज़ क़दमों से चलते हुए स्टूडियो से बाहर निकल गई।

अब कोई न था, लाली के पास सिर्फ़ शोभा रह गई। अब वह खिसककर उसके पास आ गई, चादर हटाकर उसका चेहरा ध्यान से देखने लगी। फिर उसके माथे से उलझी लट को पीछे हटाकर दुखभरी आवाज़ से कहने लगी, "सो जाओ, लाली—सो जाओ। मेरे—अपने—सो जाओ। वह कौन होती है तुमसे प्यार करने वाली। मैं तो कभी प्यार का एक शब्द भी तुमसे न बोल सकी। कभी नहीं कहा तुमसे—लाली—बुरे निकम्मे—बदमाश—आवारा—प्यारे—मेरे लाली। कोई नहीं समझ पाया तुझे? तो अब कह दूं—अब कहने में हर्ज क्या है, क्योंकि अब तुम सुन नहीं सकते—इसलिए कह दूं लाली—कि तुम बहुत बुरे थे। तुमने मुझे मारा और पीटा, यहां पर (सर पर उंगली रखकर) और यहां पर (चेहरे

पर उंगली रख के) और यहां पर (सीने पर उंगली रखकर) तेरी मार के नील पड़ गए। (सिसकी लेकर) वह मेरे शरीर पर तेरे दिए हुए गहनों की तरह सज गए। मैं उस समय तेरी दुल्हन थी। लाली मुझे लाज आती है यह कहते हुए। (रोकर) सो जाओ मेरे लाली। मेरे प्यारे गुंडे, सो जाओ मेरे अपने—सदा अपने—सो जाओ।—सो जाओ।"

उसका चेहरा चादर से ढांप देती है, धीरे से उठती है, एक ताक़ में से गीता उठाके लाती है और धीरे-धीरे मुंह ही मुंह में पढ़ने लगती है। कुछ देर वह इस तरह से पढ़ती रही और बसंता बढ़ई दरवाज़े से प्रवेश करके ख़ामोशी से खड़ा उसे गीता पढ़ते देखता रहा। फिर वह साहस करके आगे आया और खांसकर बोला, "शोभा रानी !"

"कौन है ?" कहकर शोभा ने सर उठाया। बढ़ते हुए अंधेरे में उसने देखा, बसंता बढ़ई सर पर खड़ा है। वह चौंककर बोली, "क्या है बसंते ? क्या चाहते हो ?"

"कोई मदद कर सकता हूं ?" वह अपने लंबे-लंबे हाथ मलते हुए सहानुभूति से बोला। "कोई......ऐसे समय तुम्हारे पास ठहर सकता हूं।"

शोभा सर हिलाकर बोली, "नहीं बसंते, चले जाओ।"

"कल आऊं ?"

"नहीं, कल भी नहीं।"

"ग़ुस्सा न करो, शोभा रानी।" वह अपने साफ़, सच्चे, अक्खड़ लहज़े में बोला, "पर मुझे कुछ मालूम तो हो जाए, कुछ भी तो...अब मैं जवान नहीं हूं, और मेरे दो बच्चे भी हैं, पर...मुझे अगर ज़रा-सी भी आशा हो तो कल मैं फिर आ जाऊंगा।"

"नहीं बसंते," शोभा ने निर्णय के स्वर में कहा, "कल भी मत आना, बसंते। कभी मत आना।"

शोभा ने इतना कहकर फिर सर झुका लिया और गीता पढ़ने लगी।

बसंता चुपचाप खड़ा कुछ क्षण उसे बड़ी सहानुभूति, प्रेम, चाहत और अपनेपन से देखता रहा। फिर सर हिलाते हुए, जैसे उसकी समझ में कुछ न आ रहा हो, पलटकर वापस बाहर चला गया। उसके जाने के बाद झग्गा अंदर आ गया। ख़ामोशी से दबे-पांव आकर चारपाई की पांयती के पास खड़ा हो गया और लाली को देखकर अजीब तरह से सर हिलाने लगा। और उसके नथुनों से 'सूं-सूं' की आवाज़ निकलने लगी। शोभा ने सर उठाके झग्गे की ओर देखा। उसकी निगाह इतनी तेज़ और तीखी थी कि झग्गा घबराकर पीछे हट गया। फिर रुककर दांतों से अपने नाख़ून काटने लगा। शोभा अपनी जगह से उठी तो वह और भी घबरा गया। पीछे हटते हुए बोला, "चाय तैयार है। वह लोग किचिन में तुम्हारा इंतज़ार कर रहे हैं।" इतना कहकर वह जल्दी से भाग गया।

शोभा ने लाली के शरीर पर पड़ी चादर ठीक की। पूरे शरीर को चादर से अच्छी तरह ढककर किचिन की ओर चली गई। अब लाली की लाश चादर से ढकी हुई अकेली रखी थी, बड़े हाल में अंधेरा और सन्नाटा था। यकायक खुली खिड़की से कार्निवाल का हंगामा और उसका संगीत सुनाई दिया—और उस संगीत में मिसेज़ होशंगबाई के नये आर्गन की धुन सबसे ज़्यादा साफ़ सुनाई दे रही थी। इस धुन में बार-बार लाली और झग्गे के पुराने गीत के स्वर सुनाई देने लगे, जो उन्होंने वारदात पर जाने से पहले इसी कमरे में गाए थे। फिर एक अजीब ढंग से इन्हीं धुनों में एक नई संगीत की धुन उत्पन्न होकर ऊंची होती गई और यकायक स्टुडियो के दरवाज़े से दो रहस्यमय आदमी अंदर आए।

उन्होंने काले चोग़े पहन रखे थे और उनके सर पर काली पगड़ियां थीं। और वह दोनों भारी डंडा टेकते हुए बिना आवाज़ क़दमों को बढ़ाते हुए और आगे आकर चारपाई के दायें-बायें खड़े हो गए। फिर एक बोला, "उठो,

हमारे साथ चलो।"

"हां।" दूसरा बोला "हम तुम्हें गिरफ़्तार करने आए हैं।"

पहला सुनते हो ? उठ जाओ।

दूसरा—हम पुलिस वाले हैं।

पहला—उठो, हमारे साथ चल दो।

लाली आवाज़ सुनकर चारपाई पर उठकर बैठ गया, वह बिना रोशनी की आंखों से शून्य में देख रहा था। दूसरे ने अपने डंडे से चारपाई को छूकर कहा—"हां, अब चल दो।"

पहला ये लोग समझते हैं कि मरने से उनकी कठिनाइयां दूर हो जाती हैं, उलझनें सुलझ जाती हैं।

दूसरा—सिर्फ़ सीने में चाकू मार लेने से, दिल की धड़कन बंद कर देने से, अपनी पत्नी को छोड़ देने से, और उसके पेट के बच्चे को अनाथ कर देने से।

पहला—इतना आसान नहीं है छूटना।

दूसरा—चलो, वहां तुम्हारा हिसाब होगा।

दूसरे ने अपने डंडे से लाली के अकड़े हुए शरीर को छू दिया। लाली की आंखों की पुतलियों में रोशनी लौट आई। उसके चेहरे पर एक अजीब-सी कांति आ गई। वह चारपाई से उठकर खड़ा हो गया। पहला रहस्यमय आदमी बोला, "चलो।"

दूसरे ने कहा, "तुम इस दुनिया के आदमी समझते हो कि मरकर आसानी से छुटकारा मिल जाएगा।"

पहला बोला, "छुटकारा मिल जाना इतना आसान नहीं है, अभी यहां के लोग तुम्हारे नाम को जानते हैं, तुम्हारे चेहरे को पहचानते हैं; जो आज तक तुमने कह दिया जो तुम न कर सके—वह सब याद है। याद है तुम्हारी हर निगाह—आवाज़ की झंकार, हाथ की वह गरमी, चाल की वह आवाज़

और जब तक वह किसीको याद है, तुम छुटकारा नहीं पा सकते। छुटकारा पाने से पहले बहुत कुछ करना होगा। मेरे बेटे, जब तक तुम बिल्कुल भुला नहीं दिए जाओगे, तुम्हारा इस धरती से संबंध नहीं टूटेगा; मरने के बाद भी नहीं टूटेगा।"

फिर दूसरे रहस्यमय आदमी ने चारपाई के पास खड़े लाली को चलने का संकेत करते हुए कहा, "आओ।"

आगे-आगे पहला रहस्यमय आदमी चलने लगा। उसके पीछे-पीछे लाली, उसके पीछे-पीछे दूसरा रहस्यमय आदमी डंडा टेकता हुआ। वे तीनों चलते-चलते बढ़ते हुए अंधेरे में अदृश्य हो गए। दरवाज़े तक पहुंचने से पहले ही अदृश्य हो गए।

उनके जाने के बाद भी चारपाई पर चादर में छुपी हुई लाश उसी तरह ढकी हुई रखी थी कि मालूम होता था, जैसे यहां से उठकर कोई नहीं गया।

फिर शोभा किचिन से रोशनी लेकर आ गई और जब वह अंदर आई तो ऐसा लगा जैसे अभी-अभी कोई सांस की तरह खिड़की में से बाहर निकल गया......

उस पार, दूसरी दुनिया में जब लाली कचहरी के कमरे में ले जाया गया, तो वह देखकर हैरान रह गया कि यह कचहरी उसी तरह की थी, लगभग उसी तरह की थी, जिस प्रकार की कचहरी में वह दो बार दादर या अंधेरी में पेश किया गया था। और अपने ख़िलाफ़ किसी सबूत के न मिलने पर छोड़ दिया गया था। वही अदालत का कटहरा था, जिसके ऊंचे लकड़ी के जंगले के पीछे मजिस्ट्रेट की ऊंची कुर्सी थी, और उसके सामने एक लम्बी मेज़ आयताकार, जिसपर हरे रंग की फलालैन मढ़ी थी, और रोशनाई के दाग़ थे। मजिस्ट्रेट की कुर्सी के पीछे दीवार पर लकड़ी का एक बड़ा चौखटा टंगा था, जिसमें चित्र के अतिरिक्त

एक वाक्य लिखा हुआ था। जिस दीवार पर यह चौखटा टंगा था, यह मजिस्ट्रेट की कुर्सी के पीछे थी, और उस दीवार के दायें-बायें, दो बेहद मज़बूत लोहे के दरवाज़े दिखाई दे रहे थे, जिनपर लोहे के बोल्ट लगे थे और जिन्हें बाहर से लोहे के बोल्ट हटाकर ही खोला जा सकता था। दायें-बायें के इन दोनों दरवाज़ों के बीच में दीवार के ठीक बीचों-बीच में मजिस्ट्रेट की कुर्सी के पीछे एक और दरवाज़ा था। उसपर एक घंटी लगी हुई थी।

लकड़ी के जंगले के अन्दर ही मजिस्ट्रेट की कुर्सी के पास दाई ओर पेशकार के बैठने की जगह थी, उसके बिल्कुल नीचे अभियुक्तों का कटहरा था। उसके नीचे बेंच एक के पीछे एक कई क़तारों में बिछे थे...पुराने सड़े हुए। लकड़ी भूरी हो चुकी थी और कीलें ज़ंग खा गई थीं। लाली को लगा कि इन बेंचों के आगे कचहरी के कटहरे के बिल्कुल सामने वकीलों की मेज़ हुआ करती थी और उनकी कुर्सियां, सो वे यहां नहीं हैं।

ज्यों ही लाली अपने काले चोग़ों वाले दोनों संतरियों के साथ दाख़िल हुआ, कहीं पर एक घंटी बजी और अदालत का पेशकार बे-आवाज़ क़दमों से दाख़िल हुआ। लाली ने देखा, पेशकार गंजा है, पर उसके चेहरे की दाढ़ी झक सफ़ेद है, और बहुत अच्छी मालूम होती है। पेशकार उठकर पीछे की दीवार के बीच वाले दरवाज़े तक गया, जिसपर घंटी लगी हुई थी। दरवाज़ा खोलकर उसने अन्दर झांका, फिर झुककर सलाम किया। फिर दरवाज़ा बंद करके वापस आने लगा और लाली को ध्यान से घूरता हुआ लकड़ी के बेंचों की ओर देखने लगा जहां सबसे आगे के बेंच पर दो आदमी लाली के आने से पहले से मौजूद थे। उनमें से एक आदमी तो तीन-चार दिन की दाढ़ी बढ़ाए हुए था, दूसरा क्लीन-शेव था। क्लीन-शेव आदमी का शरीर भारी था और वह साफ़-सुथरे कपड़े पहने हुए था, चश्मा लगाए हुए था और कलाई पर घड़ी बांधे हुए था। जिस आदमी की दाढ़ी बढ़ी हुई थी, उसके कपड़े भी

बुरे थे, गंदे और मैले, कई जगह से फटे हुए।

लाली ने हैरानी से पिछली दीवार के दायें-बायें वाले लोहे के दरवाज़ों को देखा, जो बड़ी सख़्ती से बंद थे। जाने इन दरवाज़ों के अन्दर क्या है, फिर उसने कमरे में चारों ओर देखा। बिल्कुल, डू-ब-हू दादर की कचहरी का नक्शा है। केवल वकीलों की मेज़ें-कुर्सियां नहीं हैं।

इतने में काले चोग़े और काली पगड़ी पहने हुए पहले संतरी ने। पेशकार से कहा, "बोल दो, हम हाज़िर हैं।"

कचहरी के पेशकार ने धीरे से सर हिलाया, जैसे उसने संतरी की बात अपने दिमाग़ में बिठा ली हो। फिर वह बाईं ओर चला गया। उसके जाने के बाद लाली ने पूछा, "क्या यह वही जगह है ?"

"हां बेटे," दूसरे संतरी ने उसे बताया—"यही वह जगह है।"

"मजिस्ट्रेट की कचहरी ?" लाली की आंखों में गहरा आश्चर्य था।

"हां बेटे," पहला संतरी बोला, "यहां आत्महत्या करने वाले पेश किए जाते हैं।"

दूसरे ने कहा, "यहीं तुम्हारा न्याय होगा।" फिर उसने आगे की बेंच की ओर संकेत करके कहा, "बैठ जाओ।"

लाली उन दोनों आदमियों के बीच में बैठ गया, जिन्हें पहले से इस बेंच पर बैठे हुए देख चुका था। बेंच के एक सिरे पर अमीर आदमी बैठा था, दाईं ओर। उसके बाईं ओर वह फटे कपड़ों वाला ग़रीब आदमी था। अमीर आदमी ने अपनी नाक का चश्मा ठीक किया, ध्यान से लाली को देखा, फिर उसने पूछा—"आत्महत्या ?"

लाली ने दृढ़ता से कहा, "हां।"

अमीर आदमी ने ग़रीब आदमी की ओर संकेत करके कहा, "इसने भी ?"

फिर कुछ क्षण रुककर उसने अपना परिचय कराया, "मुझे भागीरथ कहते हैं।"

ग़रीब आदमी बोला, "मेरा नाम बनारसीदास है।" अपना नाम बताकर ग़रीब आदमी ने लाली से पूछा, "आपका नाम ?"

लाली ने कहा, "तुम्हें मेरे नाम से क्या ?"

यह उत्तर सुनकर वह ग़रीब आदमी और अमीर आदमी, जो अब तक लाली के बहुत पास आ गए थे, थोड़ा-सा परे सरक गए।

ग़रीब आदमी ने बीच में बैठे हुए लाली की ओर ध्यान न देकर अमीर आदमी को बताया, "मैंने तीसरी मंज़िल की खिड़की से छलांग लगाकर आत्महत्या की।"

अमीर आदमी बोला, "मैंने पिस्तौल से।" फिर उसने लाली की ओर देखकर पूछा, "और तुमने ?"

लाली बोला, "छुरे से।"

यह सुनकर वे दोनों आदमी और परे सरक गए। लाली ने बड़े तिरस्कार से अमीर आदमी की तरफ़ देखकर कहा, "अगर मेरे पास पिस्तौल ख़रीदने के लिए पैसा होता तो मैं आत्महत्या न करता।"

"चुप रहो।" दूसरा संतरी चिल्लाया।

यकायक पीछे की दीवार के बीच वाला द्वार खुला और मजिस्ट्रेट अदालत में दाखिल हुआ। उसके प्रवेश करते ही सब खड़े हो गए, पेशकार, संतरी और दोनों आत्महत्या करने वाले, पर लाली खड़ा नहीं हुआ।

ढिठाई से अपने बेंच पर अपनी जगह पर उसी तरह बैठा रहा। अलबत्ता लाली ने इतना ज़रूर महसूस किया कि मजिस्ट्रेट का व्यक्तित्व बेहद गंभीर और गौरवान्वित है। सर पर बहुत कम बाल हैं, और जो हैं वे भी सफ़ेद हो चुके हैं।

जब मजिस्ट्रेट अपनी कुर्सी पर बैठ चुका तो और लोग भी क़ायदे और

क़रीने से अपनी-अपनी जगह बैठ गए। पेशकार अपनी जगह पर मजिस्ट्रेट के पास पर उससे ज़रा नीचे बैठ गया, और पेश किए जानेवाले अभियुक्तों के काग़ज़ात देखने लगा। बिल्कुल उसी तरह जिस तरह इस दुनिया की कचहरियों में होता है।

पेशकार ने रजिस्टर खोलकर मजिस्ट्रेट को दिखाते हुए कहा, "कल के केस हुज़ूर, नंबरवार रजिस्टर में दर्ज़ हैं।"

मजिस्ट्रेट ने रजिस्टर लेकर अपने सामने मेज़ पर रख लिया, और पढ़ते हुए ऊंची आवाज़ में कहा, "नंबर सोलह हज़ार चार सौ पच्चीस !"

पहले संतरी ने अपनी नोट-बुक में देख़ा, फिर अमीर आदमी से कहा, "उठो, कटहरे में जाकर खड़े हो जाओ मेहरबानी करके..."

अमीर आदमी बेंच से उठकर कटहरे में जाकर खड़ा हो गया।

मजिस्ट्रेट ने सफ़ेद भवों के नीचे तेज़ चमकती हुई आंखों से उसे एक बार सर से पांव तक देखा, फिर पूछा, "तुम्हारा नाम ?""

"भागीरथ राम।"

"उम्र ?"

"बयालीस बरस।''

"शादी हुई है ?"

"जी हां।"

"आत्महत्या क्यों की ?"

"कर्ज़ा हो गया था।"

"वहां क्या करते थे ?"

"मैं एक ऐडवोकेट था, योर ऑनर।"

"ठीक है—ठीक है। वह बाद में देखेंगे।" मजिस्ट्रेट बोला, "इस समय मैं तुमसे केवल एक सवाल करता हूं। क्या तुम वापस धरती पर जाना चाहते

हो ? सिर्फ़ एक बार, सुबह होने से पहले। अगर तुम जाना चाहो तो मैं उसकी इजाज़त दे दूंगा। यह तुम्हारा हक़ है, समझते हो"

"क्यों हुज़ूर..." भागीरथ आश्चर्यचकित होकर बोला; इसीलिए कि वकील होकर भी उसे यह मालूम न था। मजिस्ट्रेट ने उसे समझाते हुए कहा, "जो इन्सान अपनी जान लेता है, वह घबराहट में कुछ भूल भी सकता है। कोई ज़रूरी काम जो तुम करना चाहते थे और न कर सके या जो कुछ तुमने किया हो उसे मिटाने के लिए, या कोई ज़रूरी संदेश जो तुम किसीको देना चाहते थे, और भूल गए—समझते हो ?"

"हां, हज़ूर।" भागीरथ आशभरे स्वर में बोला, "मेरे कर्ज़े के बारे में.."

मजिस्ट्रेट ने फ़ौरन बात काटकर कहा, "तुम्हारे कर्जों का यहां कोई महत्त्व नहीं है। हम यहां सिर्फ़ उन सवालों से सरोकार रखते हैं जिनका संबंध तुम्हारी आत्मा से है।"

भागीरथ को कुछ याद आया और वह फिर फ़ौरन बड़ी शिष्टता से बोला, "तो हुज़ूर, जब मैं चला, तो उस समय मेरा सबसे छोटा लड़का अभी स्कूल से लौटा नहीं था। इस समय वह सो रहा होगा। सवेरे उठने से पहले मैं हमेशा उसका माथा चूम लिया करता था। इसलिए अगर इजाज़त हो तो आज रात सवेरा होने से पहले मैं किसी समय..." वह चुप हो गया।

मजिस्ट्रेट ने एक फ़ाइल पर लिखते हुए हुक्म सुनाया और दूसरे संतरी से कहा, "तुम मिस्टर भागीरथ राम एडवोकेट को वापस पृथ्वी पर ले जाओगे ताकि यह अपने सोते हुए बच्चे का माथा घूम सके।"

दूसरे संतरी ने अमीर आदमी से कहा, "आओ मेरे साथ।"

अमीर आदमी ने कटहरे से उतर आने के पहले झुककर अदालत को सलाम किया, फिर नीचे उतरा और दूसरे संतरी के साथ कचहरी के कमरे

से बाहर चला गया। उसके जाने के बाद भजिस्ट्रेट ने फिर रजिस्टर देखा, फ़ाइल देखी। एक फ़ाइल पर कुछ लिखा, फिर रजिस्टर देखकर पुकारा, "नबर सोलह हज़ार चार सौ छब्बीस !"

पहले संतरी ने अपनी नोटबुक देखकर लाली को इशारा करके कहा, "खड़े हो जाओ।"

लाली ने पहले संतरी को ग़ुस्से से देखकर कहा, "तुमने उस पहले आदमी से तो कहा था, 'मेहरबानी करके खड़े हो जाओ'।"

इतना कहकर और बिना किसी उत्तर की प्रतीक्षा किए लाली सीधा खड़ा हो गया फिर क़दम बढ़ाकर लकड़ी के कटहरे में खड़ा हो गया।

मजिस्ट्रेट ने उसी तरह एक तेज़ निगाह उसपर सर से पांव तक डाली और लाली को ऐसा लगा जैसे बिजली कौंध गई—मगर वह ज़रा भी नहीं डरा या झिझका।

मजिस्ट्रेट ने उससे पूछा, "तुम्हारा नाम ?"

"लाली।"

"क्या यही तुम्हारा नाम है ?"

"लोग मुझे इसी नाम से जानते हैं," लाली ने कहा।

मजिस्ट्रेट ने कुछ सख़्ती से कहा, "अपना पूरा नाम बताओ।"

"मोतीलाल।"

"उम्र ?"

"चौबीस साल।"

"तुमने दुनिया में कौन-सा अच्छा काम किया ?" अचानक मजिस्ट्रेट ने सवाल किया, लाली भौचक्का रह गया।

मजिस्ट्रेट ने उसे चुप देखकर फिर पूछा, "क्यों तुमने अपनी जान ली ?"

लाली चुप रहा।

मजिस्ट्रेट ने देखा, लाली के हाथ में अभी तक वही छुरा है, जिसे उसने अपने सीने में भोंका था। मजिस्ट्रेट ने पहले संतरी से कहा, "इसका छुरा इससे ले लो।"

संतरी ने आगे बढ़कर लाली के हाथ से छुरा ले लिया। लाली ने किसी तरह का विरोध नहीं किया।

मजिस्ट्रेट ने उसे बड़ी नर्मी से बताया, "अगर तुम वापस धरती पर जाना चाहोगे, तो यह छुरा तुम्हें लौटा दिया जाएगा।"

लाली ने आशाभरे स्वर में पूछा, "क्या मैं वापस जा सकता हूं।"

"मेरे सवाल का जवाब दो," मजिस्ट्रेट बोला।

लाली ने कहा, "मैं जवाब नहीं दे रहा था, कुछ पूछ रहा था।"

मजिस्ट्रेट बोला, "इस कटहरे में खड़े होने वाले सवाल नहीं पूछ सकते। सिर्फ़ जवाब देते हैं। मोतीलाल, मेरे सवाल का जवाब दो। क्या दुनिया में जहां से तुम आए हो, तुमने कोई काम अधूरा छोड़ा है जिसे तुम पूरा करना चाहते हो ?"

"हां।"

"वह काम क्या है ?"

"मैं उस कम्बख़्त झग्गे की खोपड़ी के दो टुकड़े कर देना चाहता हूं," लाली क्रोध से बोला।

"सज़ा देना हमारा काम है, तुम्हारा नहीं," मजिस्ट्रेट ने उसे डांटा, "याद करो, कुछ और—कोई और काम जो तुम करना चाहते थे।"

लाली ने थके हुए स्वर में कहा, "मुझे कुछ मालूम नहीं। मैं कुछ कह नहीं सकता, सिवाय इसके कि जब तक मैं यहां हूं, वापस जाना नहीं चाहता।"

मजिस्ट्रेट ने पेशकार से कहा, "नोट कर लो, इसने वापस जाने का हक़

खो दिया है।"

लाली को सुनकर अचंभा नहीं हुआ। वह धीरे से सर हिलाकर कटहरे से निकलने लगा कि मजिस्ट्रेट की आवाज़ आई, "ठहरो !" लाली वहीं कटहरे में रुक गया। मजिस्ट्रेट ने उससे पूछा, "क्या तुम जानते हो कि तुम अपनी पत्नी को बिना रोटी-कपड़े के छोड़ आए हो ?"

"हां।"

"क्या तुम्हें इस बात पर दुख नहीं है ?"

"नहीं।"

"तुम्हें मालूम है।" तुम्हारी पत्नी गर्भवती है और छः महीने के बाद वह एक बच्चे को जन्म देगी ?"

"मुझे मालूम है।"

"और यह कि...कि तुम्हारा बच्चा भी रोटी-कपड़े के लिए मोहताज होगा ? क्या इस बात का भी दु:ख नहीं है ?"

लाली ने अपने कंधे हिलाए, बोला, "मैं यहां हूं, वे वहां हैं। मुझे उनसे क्या ?"

मजिस्ट्रेट ने उंगली उठाकर कहा, "तुम हमें धोखा नहीं दे सकते, मोतीलाल। हम तुम्हें कांच की तरह आर-पार देख सकते हैं।"

"अगर आप देख सकते हैं तो फिर मुझसे पूछते क्यों हैं ?" लाली बोला, "मुझे रहने दीजिए, जैसा मैं हूं, आराम से मुझे रहने दीजिए।"

मजिस्ट्रेट ने कहा, "आराम का हक़ आसानी से नहीं मिलता है। उसे भी अपनी नेकी से हासिल करना पड़ता है।"

"मुझे नींद आ रही है," लाली ने थके-थके अंदाज़ में कहा, "मैं सो जाना चाहता हूं।"

मजिस्ट्रेट ने कहा, "तुम झूठ बोलते हो। तुम ज़िद्दी और घमंडी हो, पर हमारे पास समय की कोई कमी नहीं है। हम अनंत काल तक इंतजार कर

सकते हैं।"

लाली को कुछ याद आया, और याद आते ही उसकी आंखों में चमक पैदा हो गई। उसने बेहद मीठे स्वर में पूछा, "हुज़ूर, अगर एक बात पूछूं, प्रश्न नहीं है, प्रार्थना है। बस इतना बता दो, लड़का होगा कि लड़की ?"

"तुम ख़ुद उसे अपनी आंखों से देख सकोगे," मजिस्ट्रेट ने मुस्कराकर कहा।

लाली के चेहरे पर खुशी की लहरें दौड़ने लगीं। बोला, "सच ? मैं उसे देख सकूंगा ?"

मजिस्ट्रेट बोला, "जब तुम उसे देखोगे, उस समय उसकी उम्र एक बच्चे की नहीं होगी। मगर अभी हम उस मंज़िल तक नहीं पहुंचे हैं।"

"मैं उसे देखूंगा ?" लाली ने फिर ख़ुशी से दोहराया जैसे उसे विश्वास न आ रहा हो।

मजिस्ट्रेट ने अपने स्वर में कठोरता लाकर दोबारा उससे कहा, ''सुना मोतीलाल, तुमसे दोबारा पूछा जाता है, क्या तुम्हें अपनी बीवी और बच्चे को इस तरह बेसहारा छोड़ आने का दुख नहीं है ? क्या तुम्हें इस बात का बिल्कुल मलाल नहीं है कि तुम उनके लिए बुरे पति और एक बुरे बाप साबित हुए ?"

"एक बुरा पति ?" लाली ने पूछा।

"हां।"

"एक बुरा बाप ?"

"हां, वह भी।"

लाली एक लम्बी सांस लेकर बोला, "मैं क्या करता ? मुझे कहीं काम नहीं मिला। और मैं शोभा को हर समय इस तरह..." वह रुक गया। "इस तरह," वह फिर चुप हो गया। वह कुछ कहना चाहता था, मगर

उसे ज़बान पर न ला सका। "उसको इस तरह देखते हुए" वह यकायक रुक गया।

मजिस्ट्रेट ने उसका वाक्य पूरा किया, "इस तरह रोते देख नहीं सकते थे, तुम यह बात कहने से हिचकिचाते क्यों हो ?" मजिस्ट्रेट की तेज़ निगाहें उसके चेहरे पर थीं। "तुम उसे रोते नहीं देख सकते थे, इस बात के कहने में क्या शर्म है कि तुम उससे प्रेम करते थे ?"

लाली बोला, "इसमें शर्म की क्या बात है ! मुझसे देखा नहीं जाता था, इसलिए कभी मैं उससे बुरा बर्ताव भी कर बैठता था। मैं कार्निवाल में उस बुड्ढी के पास जाना नहीं चाहता था। और फिर झग्गा आ गया, और एक नई ज़िंदगी की बात करने लगा—आसाम जाने की। और जाने क्या-क्या... और...जाने यह सब कैसे हो गया। पुलिस और वह हरिदास और उसके हाथ पिस्तौल, और मैं ताश में बहुत हार चुका था। झग्गा भाग गया था और मैं जेल जाना नहीं चाहता था," लाली ने एकदम क्रोध से मजिस्ट्रेट की ओर देखा और कहा, "तो मैं क्या करता ? जब घर में खाने को कुछ नहीं था तो क्या मैं चोरी करता ?"

"हां," मजिस्ट्रेट ने बड़ी दृढ़ता से कहा, "तुम चोरी कर लेते।"

लाली अचरज में पड़ गया। कुछ क्षण भौचक्का होकर मजिस्ट्रेट को ताकता रहा। कहीं मजिस्ट्रेट उससे मज़ाक तो नहीं कर रहा है। मगर उसके गंभीर चेहरे पर व्यंग्य तथा मज़ाक की परछाईं तक न थी। फिर भी लाली का आश्चर्य दूर न हुआ, उसने धीरे से सर हिलाकर कहा, "मुझे क्या मालूम था ? नीचे की पुलिस ने कभी इसकी इजाज़त नहीं दी।"

"तुमने उस कमसिन भोली-भाली लड़की को मारा-पीटा इसलिए कि वह तुमसे प्रेम करती थी। ऐसा क्यों किया तुमने ?"

"हम रोज़ लड़ते-झगड़ते थे। वह यह कहती थी, मैं वह कहता था।

बात में से बात निकलकर बढ़ती जाती। झगड़ा शुरू हो जाता, क्योंकि वह सच्ची बातें कहती थी। और......और......जब मैं उसकी सच्ची बातों का जवाब न दे पाता, तो उसे......पीटने लगता।"

"तुम्हें इसका दुख है ?" मजिस्ट्रेट ने फिर पूछा।

लाली का मुंह खुला, वह 'हां' कहना चाहता था, मगर पीड़ा और लज्जा की भावनाएं कड़वे गोले की तरह उसके गले में अटक गईं। उसने थूक निगला और धीरे से कहने लगा, "जब मैं उसकी नर्म मख़मली गरदन पर हाथ रखता था......तो......उस समय तुम कह सकते हो......कि...... उस समय मैं ?" यकायक वह चुप हो गया, बेचैन, व्याकुल और लज्जित दिखाई देने लगा। पर दुख का शब्द फिर भी उसके मुंह पर न आया, न निकला।

मजिस्ट्रेट ने ज़ोर देकर पूछा, "तुम्हें दुख है ?'' मजिस्ट्रेट के इस तरह ज़ोर देकर और बार-बार एक ही वाक्य पूछने पर लाली का चेहरा अचानक बदल गया। वह क्रोध से भड़क कर बोला, "नहीं है, कोई पछतावा नहीं है।"

मजिस्ट्रेट ने सर हिलाकर कहा, "लाली, लाली, तुम्हारी मदद करना बहुत मुश्किल है।"

"मुझे किसी मदद की ज़रूरत नहीं है।"

मजिस्ट्रेट ने फ़ाइल में कुछ लिखा, क़लम रोक दी, निगाहें ऊपर उठाईं, कुछ क्षण ध्यानपूर्वक वह लाली को देखता रहा, फिर बोला, "तुम्हें पेडर रोड पर एक केयर-टेकर की नौकरी मिल रही थी..." फिर रुककर मजिस्ट्रेट ने पेशकार से पूछा, "पूरा ब्यौरा कहांलिखा है ?"

पेशकार बोला, "छोटे रजिस्टर में लिखा है, हुज़ूर, यहां देखिए।"

पेशकार ने छोटा रजिस्टर मजिस्ट्रेट के हाथ में थमा दिया। मजिस्ट्रेट ने ढूंढ़कर ब्यौरे का पन्ना निकाला, और ऊंची आवाज़ में कहने लगा,

"ख़ाली मकान, शानदार सजावट, डबल बाथ-रूम, एक सौ रुपये पगार तुम्हें, एक सौ रुपया शोभा के लिए...तुमने यह नौकरी क्यों छोड़ दी ?"

"इसलिए कि मैं केयर-टेकर नहीं हूं," लाली बोला। "मैं किसी मकान की रखवाली नहीं कर सकता। मकान की रखवाली करने के लिए किसीको रखवाला बन जाना पड़ता है, वह मैं नहीं हूं।"

"क्यों नहीं ?" मजिस्ट्रेट ने ज़ोर देकर पूछा।

"इसलिए कि...क्योंकि..." लाली ने बताने की कोशिश की, पर मजबूर होकर मजिस्ट्रेट की ओर अ़जीब निगाहों से देखने लगा, बोला, "इसीलिए तो हुज़ूर, मैं मर गया।"

"यह झूठ है," मजिस्ट्रेट ने कहा, "तुमने इसलिए आत्महत्या की कि तुम शोभा से प्रेम करते थे और उस बच्चे से जो उसके पेट में है।"

"नहीं।"

"मेरी आंखों में देखकर कहो।"

लाली ने मजिस्ट्रेट की आंखों में आंखें डाल दीं। बिजली-सी कौंध गई। उसके सारे शरीर में चिनगारियां-सी नाचने लगीं। फिर जैसे भक् से हर चीज चमककर उड़ गई। फिर कुछ न रहा, चारों ओर अंधेरा और हवा की सायं-सायं थी। लाली का जी रोने को चाहता था। हथियार डाल देने को चाहता था। और अपने आपको खो देने को, मजिस्ट्रेट के चरणों में गिर जाने को, एक लम्बी सांस लेकर सदा के लिए सो जाने को। एक क्षण के लिए उसे ये सब विचार आए। उसका गला रुकने लगा, पर उसकी गर्दन तन गई। उसके व्यक्तित्व ने सुरक्षा के लिए अहंकार के एक कड़े खोल में शरण लेकर ज़ोर से कहा, "नहीं...!"

और पहली बार लाली ने मजिस्ट्रेट की आंखों में क्रोध की झलक

देखी। मजिस्ट्रेट ने अपने आपको संभाल लिया और उसी तरह गंभीर आवाज़ में कहा, "लाली...लाली...अगर हमें धैर्य की शिक्षा न दी गई होती..." वह कुछ क्षण लाली को घूरता रहा फिर उसकी फ़ाइल बंद कर दी, और कहने लगा, "जाओ, अपनी जगह पर बैठ जाओ।" फिर रजिस्टर देखकर अगले अपराधी को पुकारा—"सोलह हज़ार चार सौ सत्ताईस !"

पहले संतरी ने नोटबुक देखकर ग़रीब आदमी से कहा, "बनारसीदास, वहां खड़े हो जाओ।"

बनारसीदास बेंच से उठा और कटहरे में खड़ा हो गया। मजिस्ट्रेट ने एक क्षण की निगाह में उसका पूरा निरीक्षण किया, और कहा "तुम आज ही निकले हो ?" मजिस्ट्रेट ने बाईं ओर के दरवाज़े की तरफ़ एक अर्थपूर्ण संकेत किया, जिसे लाली उस समय न समझ सका। लेकिन उसकी निगाहें कुछ क्षण के लिए लोहे के दरवाज़े के बोल्ट पर जम गईं।

बनारसीदास ने स्वीकार किया, "जी हुज़ूर, आज ही।"

"कितने दिन वहां रहे ?" मजिस्ट्रेट का संकेत फिर बायें दरवाज़े की ओर था।

"दस बरस..."

मजिस्ट्रेट ने पहले संतरी की ओर देखकर कहा, "तुम इसके साथ नीचे गए थे ?"

"हां"हुज़ूर।'

मजिस्ट्रेट ने क़लम को रोशनाई में डुबो दिया, बोला, "बनारसी दास, दस वर्ष नरक की आग में जलकर तुम अपनी आत्मा के शुद्ध होने का प्रमाण देने के लिए फिर से धरती पर भेजे गए थे...एक दिन के लिए, तो बताओ तुमने वहां कौन-सा नेक काम किया ?"

बनारसीदास बोला, "सरकार, जब मैं अपने गांव पहुंचा और मैंने अपने घर की खिड़की से अंदर झांककर देखा तो मेरे अनाथ बच्चे नीचे ज़मीन पर सो रहे थे। मगर उस समय पानी बरस रहा था और छत का छप्पर टपक रहा था, यह देखकर मैं चुपचाप छत पर चढ़ गया और मैंने अपने घर को छप्पर ठीक कर दिया, इसलिए कि मेरे बच्चे वर्षा में भीगकर बीमार न पड़ जाएं, और आराम से सोते रहें।"

मजिस्ट्रेट ने पहले संतरी से पूछा, "क्या यह ठीक कहता है ?"

"जी हां, हुज़ूर।" संतरी ने हामी भरते हुए कहा।

मजिस्ट्रेट के चेहरे पर हर्ष की लहरें दौड़ गई। बोला, "बनारसीदास, तुमने सचमुच एक अच्छा काम किया है, और जो काम तुमने किया है, वह बच्चों की किताबों में सुनहरे अक्षरों में लिखा जाएगा।" फिर दाईं ओर के द्वार की ओर संकेत करते हुए कहा, "जाओ अब तुम उधर जा सकते हो। अनंत सुख अब तुम्हारी राह देख रहा है।"

बनारसीदास ने झुककर प्रणाम किया। कटहरे से बाहर निकला, तो पहले संतरी ने उसे बड़े सम्मान से प्रणाम किया। फिर वह बनारसीदास को बड़े सम्मान के साथ दायें दरवाज़े की ओर ले गया।

मजिस्ट्रेट लाली को सम्बोधित करके बोला, "तुमने सुन लिया ?"

"हां, सुन लिया।"

"जब यह आदमी पहली बार हमारे सामने हाज़िर किया गया था, तो तुम्हारी तरह ही ज़िद्दी और बेढब था। मगर अब यह आग में तपकर कुन्दन हो गया है। इसने बहुत अच्छा काम किया है।"

"हां, किया है इसने ?" लाली तीखे स्वर में कहने लगा, "कौन-सा तीर मारा है ? कोई भी छप्पर बनाने वाला यह काम कर सकता है। जनाब, इससे कहीं मुश्किल काम है—कार्निवाल के बाहर भीड़ जुटाकर

टिकट बेचना।"

मजिस्ट्रेट ने कुछ क्षण तक लाली को ध्यानपूर्वक देखा, फिर दो-तीन बार उसने अपनी झक सफ़ेद दाढ़ी के बालों पर हाथ फेरा फिर गहरे दृढ़ स्वर में कहने लगा, "लाली...हम तुमको बारह वर्ष तक नरक की आग में जलने का दंड देते हैं...उस समय तक हम आशा करते हैं कि तुम्हारा सीमा से बढ़ा हुआ यह अहंकार और यह बेजा हठ नरक की आग में जलकर राख हो जाएगा। उस समय तक तुम्हारी बेटी भी बारह वर्ष की हो जाएगी।"

"मेरी बेटी ?" लाली चौंककर बोला, "तो क्या वह बेटी होगी ?"

"और जब तुम्हारी बेटी बारह वर्ष की आयु को पहुंचेगी..." मजिस्ट्रेट लाली के प्रश्न की ओर ध्यान न देकर अपना निर्णय सुनाता गया। लाली ने कुछ क्षण के लिए अपने मुंह पर हाथ रख लिया। मजिस्ट्रट कह रहा था, "और जब तुम्हारी बेटी बारह वर्ष की आयु को पहुंचेगी, तो तुम्हें एक दिन के लिए धरती पर भेजा जाएगा।"

"मुझे ?"

"हां, तुम्हें। तुमने पुराने क़िस्से-कहानियों में पढ़ा होगा, कैसे मुर्दे दोबारा ज़िंदा होकर धरती पर आते हैं।"

"मैंने कभी उनपर विश्वास नहीं किया था।"

"वह सब सच है," मजिस्ट्रट बोला, "तुम एक दिन के लिए वापस नीचे पृथ्वी पर जाओगे और यह प्रमाण दोगे कि तुम्हारी आत्मा शुद्ध और पवित्र हो चुकी है।"

लाली ने पूछा, "इसका मतलब यह है कि मुझे फिर बताना होगा कि मैं क्या कर सकता हूं? जैसे...जैसे मोटर-ड्राइवर को काम मिलने से पहले मोटर चलाकर दिखाना पड़ता है।"

"हां," मजिस्ट्रट बोला। "उसी तरह तुम्हारी भी परीक्षा ली

जाएगी।"

"तो क्या मुझे बताया जाएगा कि मुझे वहां क्या करना है ?"

"नहीं।"

"तो फिर मुझे कैसे मालूम होगा कि ?" लाली चुप हो गया। मगर उसकी निगाहों में एक प्रश्न था।

मजिस्ट्रेट बोला, "वह तुम ख़ुद फैसला करोगे, बारह वर्ष नरक की आग में जलते हुए वह फैसला तुम्हें ख़ुद करना होगा। और अगर उस दिन तुमने अपनी संतान के लिए कोई ऐसा अच्छा शानदार याद रखने लायक नेक काम किया, तो..." मजिस्ट्रेट चुप हो गया।

"तो ?" लाली ने पूछा।

यकायक मजिस्ट्रेट खड़ा हो गया, सब खड़े हो गए, सम्मान से सबके सर झुक गए।

लाली ने धीरे से फिर दोहराया, "तो ?"

मजिस्ट्रेट ने कहा, "अब मैं तुमसे विदा होता हूं, लाली। बारह वर्ष और एक दिन बाद तुम फिर मेरे सामने लाए जाओगे। और जब तुम धरती से लौटकर आओगे, तो मैं फिर तुमसे यही सवाल पूछूंगा, इसलिए ध्यान देकर सोचो, तुम अपनी बच्ची के लिए कौन-सा नेक काम कर सकते हो। तुम्हारे उस फ़ैसले पर इस बात का दारोमदार है कि तुम्हारे लिए बारह वर्ष और एक दिन बाद कौन-सा द्वार खोला जाएगा। अब जाओ, लाली।"

मजिस्ट्रेट अदालत के चबूतरे से उतरकर पीछे की दीवार के बीच वाले दरवाज़े के अन्दर चले गए, जिसपर घंटी लगी थी।

संतरी ने लाली से कहा, "आओ, मेरे बेटे, चलो।"

संतरी लाली को बायें दरवाज़े की ओर ले चला। पेशकार लाली के सामने से निकल गया।

वह दायें दरवाज़े की ओर जा रहा था कि लाली ने उसे रोककर

कहा—

"सुनो पेशकार !"

पेशकार दाईं ओर जाते-जाते रुका। "क्या है ?" पेशकार ने पूछा।

"तुम्हारे पास एक सिगरेट होगी ?" लाली बोला।

पेशकार ने उसे घूरकर देखा, फिर पलटकर लाली के पास आया। जेब में से एक सिगरेट निकालकर उसने लाली को दे दी और फिर अपने रास्ते पर चला गया।

लाली अब पहले संतरी के साथ बाईं तरफ़ वाले दरवाज़े के पास पहुंच गया था। संतरी ने उसे रुक जाने का संकेत किया और फ़ौरन आगे बढ़कर वह बायें दरवाज़े के लोहे के बोल्ट खोलने लगा। दरवाज़ा खुलते ही एक ऐसी तेज़ गुलाबी रोशनी की फुहार लाली पर पड़ी कि वह उसकी चमक से चौंधिया गया। लंबी-लंबी लपटों की लपकती ज़बानें दरवाज़ से बाहर निकलने लगीं, लाली लड़खड़ाकर एक क़दम पीछे हटा। फिर उसका सर झुक गया। और वह आंखों पर हाथ रखे उन लपटों के अंदर चला गया।

शोभा ने बोरीवली स्टेशन के पास फूलवाले की दुकान से एक हार ख़रीदा। आज उसके पति को मरे हुए बारह वर्ष बीत चुके थे। यों तो वह

अपने घर में कमरे के अंदर लगी हुई अपने पति की तस्वीर को रोज़ हार तो चढ़ाती ही है मगर बरसी पर तो ज़रूर ही नया हार ख़रीदकर तस्वीर पर टांगती है। आज लाली की बारहवीं बरसी है। आज उसकी अपनी बेटी रतना भी बारह वर्ष की हो गई। रतना ने अपने बाप को नहीं देखा, पर वह अपने बाप को बहुत याद करती है, और रतना के दिल में अपने पिता की वही तस्वीर है, उसका वही व्यक्तित्व है जो शोभा ने बचपन ही से उसके दिल में बसा दी है।

शोभा ने हावाले की दुकान से हार लेकर उसे केले के पत्ते में लपेटकर बढ़कर आमवाले की दुकान से दो आम ख़रीदे। शोभा को आम बहुत पसंद हैं। आम हरे रंग की छोटी-सी प्लास्टिक की टोकरी में डालकर अपने घर की ओर चल दी जो स्टेशन से लगभग एक मील की दूरी पर था। बोरीवली, जो कि बंबई शहर का ही एक हिस्सा, है, वहां पर थोड़ी-सी जगह विलियम कबराल ने शोभा को ख़रीद कर दे दी थी, और वहीं पर शोभा ने अपना एक छप्परनुमा घर बना लिया था। घर तो ऐसा ही था, जैसे अधिकतर झोंपड़ पट्टी में होते हैं, पर यह छप्परनुमा घर ज़्यादा खुला हुआ और बड़ा था। घर के आगे दालान था और दालान के आगे खुली ज़मीन थी, जिसमें दालान के सामने और दायें-बायें शोभा ने लकड़ी का जंगला लगा दिया था। दालान के सामने जंगले के बीच में एक पुरानी लकड़ी का दरवाज़ा था, जैसा अधिकतर खेतों की बाड़ के बीच में होता है। और यह दरवाज़ा अधिकतर खुला रहता है, और अंदर से एक लोहे के हुक से बंद हो जाता है।

छप्पर के आगे जो थोड़ी-सी ज़मीन थी, उसपर कहीं-कहीं फूलों के गमले भी रखे हुए थे। छप्पर को देखकर ऐसा लगता था, जैसे यह छप्पर वैसा ही है जैसा दूसरे ग़रीब आदमियों का होता है। मगर ग़रीबी के बावज़ूद इसे साफ़-सुथरा रखने की पूरी कोशिश की गई है।

जब शोभा घर के बाहर पहुंची तो उस समय रतना कहीं घर के अंदर थी। जंगले के अंदर दरवाज़े के पास बाईं ओर एक बड़ा-सा पत्थर रखा था। मालूम होता है, ज़मीन समतल करते समय किसी आस-पास के टीले से निकला होगा। मगर उसे भारी और चौड़ा समझकर यहीं छोड़ दिया गया है। और उसे अपनी जगह से हिलाने की कोशिश नहीं की गई है। इस पत्थर से कुछ दूरी पर लकड़ी के दो बड़े-बड़े स्टूल थे। एक तरफ एक पुरानी मेज़ जिसके पाए हिलते हैं। इस मेज़ के पास दो पुरानी जंग खाई कुर्सियों पर विलियम और रसना बहुत अच्छे कपड़े पहने कुछ उकताए हुए-से बैठे हैं। क्योंकि वे बहुत देर से शोभा का इंतज़ार कर रहे थे।

शोभा ने लकड़ी के स्टूलों के सामने रखी हुई पांव से चलने वाली सीने की मशीनों की ओर देखा। दोनों मशीनों पर पर्दों के लिए लंबे-लंबे फलदार कपड़े चढ़े थे और ज़मीन तक एक लंबी चटाई पर लटक रहे थे। उनकी लंबान से शोभा ने अंदाज़ा लगाया कि उसके जाने के बाद रतना ने उन पर्दों की सिलाई को हाथ नहीं लगाया है। शायद ये दोनों उसके बाज़ार जाने के बाद फ़ौरन आ गए होंगे।

रसना के बेहद सुंदर कपड़े देखकर अचानक शोभा को याद आया, आज से बारह वर्ष पहले रसना के कपड़े और रहन-सहन, रंग-ढंग। रसना इस अर्से में कितनी सभ्य हो गई है। और उसका पति भी कितना भारी-भरकम हो गया है। चेहरों पर कैसा संतोष और संपन्नता बरस रही है।

इतने में रतना दोनों हाथों में दो छोटी-सी प्लेटों पर कुछ खाने का सामान लेकर बाहर निकल आई।......मां को देखकर ख़ुशी से खिलकर मुस्करा दी। बरामदे से बाहर उसे आते हुए देखकर शोभा ने सोचा, आज मेरी रतना......बारह वर्ष की हो गई। रतना ने साफ़-सुथरा फ्राक पहन रखा है, मगर वह बात कहां जो रसना के बच्चों में दिखाई पड़ती है। अगर लाली

ज़िंदा होता, तो...मगर...शोभा ने लकड़ी के जंगले का दरवाज़ा खोला। याद करने से क्या फ़ायदा ! शोभा को देखकर विलियम और रसना अपनी-अपनी जगह से उठे। रतना ने दोनों प्लेटें चिउड़े, आलू के चिप्स और दालमोठ से भरी हुईं, विलियम और रसना के सामने रख दीं और शोभा से बोली, "मां, आंटी और अंकल दोनों जा रहे थे, मैंने बड़ी मुश्किल से रोका।"

रसना ने चिउड़ा-चिप्स देखकर दिल ही दिल में बुरा-सा मुंह बनाया, पर ऊपर से कुछ कहा नहीं। इंकार से सर हिलाकर मगर बड़ी सहानुभूति और नर्मी से बोली, "नहीं रतना, इस समय हम कुछ नहीं खा सकेंगे। नाश्ता करके आए थे, बिल्कुल गुंजाइश नहीं है।" फिर रसना, शोभा के गले से लगकर बोली, "तुम आ गईं माई डियर। बस, तुम्हींको देखने के लिए हम रुक गए थे।"

शोभा बोली, "तो अब खाना खाके जाओ।"

रसना ने कलाई पर बंधी हुई घड़ी देखकर कहा "बहुत देर हो चुकी है, माई डियर, विलियम ने बान्द्रे में एक नया रेस्टोरां खोला है 'आराम काफ़े', इस समय हमें वहां जाना होगा।"

शोभा बोली, "जाना है, मगर सारे दिन के लिए तो नहीं जाना है ?"

"नहीं, काफी समय यहां तुम्हारी राह देखने में बीत गया। अब न रोको, फिर कभी आएंगे। अब हमें जाने दो," फिर विलियम की ओर इशारा करके बोली, "इनको हिसाब-किताब देखना होगा।"

"और तुम ?" शोभा ने पूछा।

रसना बोली, "मेरे भाग्य में भी कहां आराम है। यह हिसाब-किताब देखेंगे, मैं ख़ज़ांची के पास बैठकर अखबार पढ़ूंगी, और वेटर लोगों पर निगाह रखूंगी, यह विलियम का चौथा और सबसे अच्छा रेस्टोरां है, इसलिए वहां सबसे अधिक समय देना पड़ता है।"

"और बच्चे ?"

"वे आरे-कालोनी घूमने गए हैं, पिकनिक पर।"

"तुम साथ नहीं गईं ?"

"अरे रे, बच्चों की देखभाल मुझसे कहां हो सकती है ! बड़ा लड़का सेंट ज़ेवियर्स में पढ़ता है, उसके लिए एक टयूटर रख दिया है, लड़की सोफाया में पढ़ती है, उसकी देख-भाल एक गवर्नेस करती है। वही इस समय साथ में गई है।"

रतना रसना से लिपटकर बोली, "रुक जाओ आंटी, हमारे संग खाना खा लो।" रसना ने बड़े प्यार से उसके सर पर हाथ फेरकर कहा, "आज नहीं हो सकता, माई डियर चाइल्ड, किसी दिन फिर सही।" फिर अपने पति की ओर मुड़कर बोली, "माई डियर, अब चल देना चाहिए।"

विलियम मुस्कराते हुए खड़ा हो गया और शोभा और रतना से हाथ मिलाते हुए कहने लगा, "गुडबाई !"

"गुडबाई !" शोभा और रतना ने कहा।

दोनों मां-बेटी चलते-चलते जंगले तक आ गईं, रतना ने आगे बढ़कर लकड़ी की खपच्चियों वाला दरवाज़ा खोला। जब विलियम और रसना जंगले से बाहर निकल गए तो शोभा ने विलियम से पूछा, "कार कहां पार्क की है ?"

"बाहर सड़क के नाके पर," विलियम ने उत्तर दिया। फिर रसना का हाथ अपने हाथ में लेकर पगडंडी पर चलने लगा।

शोभा और रतना दोनों जंगले से लगी खड़ी-खड़ी उस समय तक हाथ हिलाती रहीं, जब तक वे दोनों उन्हें दिखाई देते रहे। जब वे दोनों ओझल हो गए तो रतना और शोभा जंगले से मुड़ने लगीं। मुड़ते-मुड़ते रतना बोली, "आंटी और अंकल कितने अच्छे हैं !"

शोभा ने एक लंबी सांस लेकर कहा, "बहुत अच्छे !" फिर कुछ

क्षण चुप रहकर बोली, "ये दोनों न होते तो मैं सारी उम्र डब्बे बनाने वाली फ़ैक्टरी में काम करती रहती। अब हमारे पास दो। सिलाई-मशीनें हैं। और इनके चारों होटलों का काम हमें मिल। जाता है। सीने के लिए—पर्दे और मेज़पोश, चादरें और नैपकिन। झाड़न तक सीने को मिल जाते हैं।"

रतना झुकी हुई निगाहों से सीने की मशीन में लगे हुए पर्दों को देखती हुई बरामदे की ओर जाने लगी, शोभा भी साथ में थी, "फिर तुम्हारे अंकल दूसरी जगहों से भी काम दिलवाते रहते हैं, नहीं तो तुम्हारी ग़रीब विधवा मां का काम कैसे चलता ? और कैसे वह तुम्हें स्कूल में पढ़ा सकती ?"

शोभा फिर एक लंबा सांस लेकर बोली, "आओ, अब खाना खा लें।"

दोनों मां-बेटी छप्पर के अंदर गई, खाना निकालकर लाईं और बाहर पड़ी हुई पुरानी मेज़ के पास वही लोहे की जंग लगी कुर्सियां, जिन पर विलियम और रसना बैठे हुए थे, घसीटकर मेज़ के पास रखकर खाना खाने लगीं। खाना खाते समय रतना का चेहरा लकड़ी के जंगले के सामने था और शोभा की पीठ जंगले की ओर थी। और हालांकि खाना खाते समय रतना का चेहरा लकड़ी के जंगले की ओर था, वह खाना खाने में इतना तल्लीन थी कि उसने उन दो स्याह चोरो पहने हुए काली पगड़ियों वाले संतरियों को नहीं देखा जो उसके सामने लकड़ी के जंगले के इधर ध्यान से देखते हुए निकल गए। उनके जाने के बाद लाली आया, और लकड़ी के जंगले के पास चलता हुआ उसी जंगले के छोटे-से लड़की के दरवाज़े का सहारा लेकर खड़ा हो गया। यह वही लाली था, मगर अब चेहरे पर छोटी-छिदरी दाढ़ी थी और रंग भी बहुत ही बुझा हुआ था, और चेहरा सुता हुआ पीला-पीला। कपड़े वही पहने था, जो उसने बारह वर्ष पहले मरने के समय पहन रखे थे। मगर अब उन

कपड़ों का रंग-रूप निकल चुका था—बहुत ही मैले-कुचैले और पुराने दिखाई दे रहे थे। लाली ने रतना की ओर देखकर कहा, "राम-राम !"

रतना बोली, "राम-राम !"

शोभा, जिसकी पीठ लाली की ओर थी, मुड़े बिना रतना से बोली, "फिर कोई भिखारी आया ?—क्या मांगता है ?"

"कुछ नहीं," लाली बोला।

शोभा ने ज़रा-सा मुड़कर कहा ताकि भिखारी उसकी आवाज़ अच्छी तरह सुन ले, "देखो, हम पैसे नहीं दे सकते, हम ख़ुद ग़रीब हैं।" फिर वह अपनी बेटी से बोली, "पर रतना, तुम इसे एक रोटी दे। दो और उसपर थोड़ी आलू की भाजी रख दो।"

बहुत अच्छा मां," रतना ने कहा और खाना खाते-खाते उठकर दालान से गुज़रकर छप्पर के अंदर गई। चलते-चलते लाली उसे बड़े ध्यान से देखता रहा। इतने में शोभा ने मुड़कर उससे पूछा, "बहुत थके हुए लगते हो। क्या बीमार हो—या दूर से आए हो ?"

"बहुत दूर से आया हूं।"

"तो देखो," शोभा ने बड़ी नर्मी से उससे कहा, "यह लकड़ी का गेट खोलकर जंगले के अंदर आ जाओ और उस पत्थर पर बैठकर दम ले लो।"

शोभा ने मेज़ के पास पड़े हुए पत्थर की ओर संकेत किया। लाली गेट की लकड़ी की अटक खोलकर अंदर आ गया और चौड़े-चकले पत्थर पर थके हुए अंदाज़ में बैठ गया। उसके हाथ में एक बड़े से लेकिन मैले-कुचैले रूमाल में बंधी हुई कोई चीज़ थी, जिसे उसने बड़ी सावधानी से अपने घुटनों पर रख लिया।

इतने में रतना छप्पर से निकलकर बाहर दालान में आ गई, लालीं की आंखें उसपर जमी थीं। रतना के आते-आते उसने शोभा से पूछा, "यह

तुम्हारी लड़की है ?"

"हां।"

इतने में रतना उसके पास आ गई। झुककर उसने लाली को रोटी दी, और उसपर आलू की भाजी रख दी। लाली ने दोनों हाथ बढ़ाकर रोटी ले ली, फिर उसकी ओर देखकर पूछने लगा, "तुम इसकी लड़की हो ?"

"हां।"

"क्या नाम है तुम्हारा ?"

"रतना।"

"बहुत सुन्दर नाम है !" कहकर लाली ने बड़े प्यार से उसके हाथ को छू लिया। रतना ने घबराकर एकदम अपना हाथ पीछे हटा लिया, बोली, "मां ?"

"क्या है ?"

"इस भिखारी ने मेरे हाथ को छू लिया।"

"ग़लती से छू लिया होगा, बेटी।" शोभा बोली, "मेरी बच्ची, इस ग़रीब भिखारी को अपना पेट ही भरने से फुरसत कब मिलती है, जो यह कुछ और सोचेगा।" फिर लाली की ओर देखकर बोली, जिसका चेहरा इस समय रोटी-भाजी पर झुका हुआ था और उसके हाथ की उंगलियां कांप रही थीं, "जल्दी से खाना खा लो।"

लाली ने रोटी से एक कौर तोड़ा, मुंह में डालकर खाते-खाते बोला, "तुम कपड़े सीती हो ?"

"हां।"

"और यह तुम्हारी लड़की ?"

"यह भी यही काम करती है।"

"और तुम्हारा घरवाला ?"

"मेरा घरवाला नहीं है।" खाते-खाते शोभा का हाथ रुक गया।

कुछ क्षण चुप रहकर उसने रुंधे हुए स्वर में कहा, "मैं विधवा हूं।"

"विधवा ?" लाली ने पूछा।

"हां," शोभा ने उत्तर दिया।

लाली ने दूसरा कौर मुंह में दिया। चबाते-चबाते बोला, "तेरे घरवाले को गुज़रे हुए बहुत समय हो गया ?"

शोभा चुप रही।

लाली ने पूछा—"तेरे घरवाले को गुज़रे हुए...?"

"हां, बहुत समय हो गया," शोभा ने धीरे से कहा।

"क्या बीमारी हुई थी उसे ?"

"कुछ पता नहीं।"

अब रतना जल्दी से बोल पड़ी, "मेरा बाप उधर आसाम-गौहाटी में काम करने गया था, फिर उधर ही हस्पताल में मर गया। मैंने तो अपने बाप की शकल भी नहीं देखी," रतना ने उदास होकर कहा। पर शोभा चुप थी। उसकी पीठ भी लाली की ओर थी। कुछ देर चुप रहने के बाद लाली ने पूछा, 'वह आसाम गया था ?"

"हां, मेरा जन्म होने से पहले।"

शोभा ने मुड़कर पूछा, "तुम ऐसे सवाल क्यों करते हो ? क्या तुम मेरे घरवाले को जानते थे ?"

लाली बोला, "ऐसे ही पूछता हूं। बुरा मत मानो, क्या मालूम, कभी मैंने उसे देखा होगा, जाना होगा। एक भिखारी तो जगह-जगह घूमता है न।"

शोभा ज़रा कठोर होकर बोली, "जानते थे तो जाने दो, बार-बार उसका ज़िक्र क्यूं करते हो ? बस, समझ लो मेरा घरवाला यहां से आसाम गया, वहां मर गया।"

लाली के गले में कौर फंस गया, या शायद कोई एक ऐसी भावना

फंस गई जो निगलने से नहीं निगली जा रही थी। इतने में रतना ने बड़े गर्व से उसे बताया, "मेरे पिताजी देखने में बड़े सुन्दर थे – सब कहते हैं।"

शोभा बोली, "ज़्यादा बातें न करो।"

रतना बोली, "मैंने कोई बुरी बात..."

"नहीं, कहने दो इसे," लाली विनीत स्वर में वोला, "बेचारी अपने बाप को याद करती है, कहने दो।"

रतना भिखारी की सहानुभूति पाकर बोली, "वह जादूगर भी था, हाथ में तीन गोले लेकर उन्हें बार-बार हवा में ऐसे घुमाता था, जैसे सर्कस के चाइनामैन घुमाते हैं।"

"तुमको किसने बताया ?" लाली बोला।

"अंकल विलियम ने।"

"कौन है वह ?"

"मेरा अंकल विलियम कबराल बांद्रे का सबसे बड़ा आदमी है। शहर में उसके चार होटल हैं। चार..." रतना ने उंगलियों पर गिनकर कहा।

लाली बोला, "अच्छा, वह विलियम कबराल, जो पहले सिनेमा का चौकीदार हुआ करता था !"

शोभा ने अब अच्छी तरह मुड़कर उसे देखा, बोला, "तो तुम उसे भी जानते हो ? सारे बंबई को जानते हो ?"

रतना जल्दी से बोल पड़ी, "अंकल विलियम मेरे पिताजी के मित्र थे।"

"नहीं," शोभा बड़ी सख़्ती से बोली, "वह उसका मित्र नहीं था, उसका कोई मित्र नहीं था।"

लाली बोला, "तुम अपने घरवाले के लिए ऐसी कठोर बातें क्यों कहती हो ?"

"क्यों न कहूं, तुम मुझे टोकनेवाले कौन होते हो ?"

"बिल्कुल ठीक...बिल्कुल ठीक...।" लाली सर हिलाकर बोला, फिर झुककर उसने एक और कौर तोड़ा और सर झुकाए हुए बोला, "तुम ठीक कहती हो। मैं कौन होता हूं।'' अब कुछ देर तक तीनों चुपचाप खाना खाते रहे। अंत में रतना ने मौन भंग करते हुए अपनी मां से डरते-डरते पूछा, "शायद यह मेरे पिताजी को जानता है ?''

"क्या मालूम ? पूछो इसीसे," शोभा बोली।

रतना अपनी कुर्सी घसीटकर लाली के पास ले गई, जो पत्थर पर बैठा रोटी खा रहा था। "क्या तुम मेरे पिताजी को जानते थे ?"

लाली ने कुछ कहे बिना 'हां' में सर हिला दिया।

रतना ने शोभा की ओर मुड़कर कहां, "हां मां, यह जानता है।"

अब शोभा भी घूमकर लाली के सामने आ गई, बोली, "तुम मोती-लाल को जानते थे ?"

"लाली को न ? हां।"

रतना झट से बीच में बोल पड़ी, "वह देखने में बहुत सुन्दर थे—मेरे पापा।"

"यह तो मैं नहीं कह सकता," लाली बोला।

"और बहुत अच्छे भी थे।"

"वह ऐसा अच्छा भी नहीं था। ख़ाली, बस, एक कार्निवाल में बार्कर था।"

रतना जल्दी-जल्दी उसे बताने लगी, "सुना है, उनके चुटकले सबसे बढ़िया होते थे। वह हंसाते थे लोगों को, मेरे पिताजी...।"

"रुलाता भी था।" लाली गंभीरता से बोला। "तेरी मां के साथ उसका बर्ताव बहुत बुरा था, वह इसे मारता भी था।"

शोभा क्रोध से बोली, "तुम झूठ बोलते हो।"

"मैं सच बोलता हूं," लाली ने बड़ी दृढ़ता से कहा।

"तुम्हें शर्म नहीं आती, मेरी बच्ची के सामने उसके बाप की ऐसी बुरी-बुरी बातें कहते हो ? अपनी रोटी खा लो, और जाओ यहां से, मरे हुओं को गाली देते हो, शर्म नहीं आती तुझे ?"

"मैं...मैं...," लाली घबरा गया। "मेरा मतलब यह नहीं था कि "

"मेरी बेटी का दिल बुरा करते हो उसके मरे हुए बाप से ! यहां आकर झूठ-सच लगाते हो। रतना, इसको बोल दो, यहां से चला जाए कम्बख़्त।" शोभा ने इतना कहकर लाली की ओर से मुंह फेर लिया।

लाली ने शोभा से पूछा, "तो तुम कहती हो, तुम्हारे घरवाले ने तुमको कभी नहीं मारा ?"

"कभी नहीं", शोभा उसकी ओर मुड़कर बोली, "उसका बर्ताव मेरे संग बहुत अच्छा था।"

रतना ने धीरे से पूछा, "क्या वह मज़ेदार कहानियां भी सुनाता था ?"

"बहुत मज़ेदार—हंसने-हंसाने वाले चुटकलें उसे बहुत याद थे।"

शोभा तुनककर बोली, "इस भिखारी से बहुत बातें न करो, रतना। बोलो इसे, जल्दी चला जाए।" फिर ख़ुद लाली से बोली, "भगवान् के लिए यहां से चले जाओ।"

रतना अपनी मां का इशारा पाकर उठी। उसने लकड़ी का गेट खोल दिया और भिखारी को जाने के लिए इशारा किया। अनमनेपन से लाली वहां से उठा, गेट पर पहुंचकर विनयभरी दृष्टि से देखकर रतना से कहने लगा, "मेरी जेब में ताश हैं, रतना," लाली ने जेब से ताश निकालकर दिखाया। "मैं तुम्हें ऐसे-ऐसे खेल दिखाऊंगा कि तुम दंग रह जाओगी, दिखाऊं ?"

रतना ने पूरा गेट खोल दिया, बोली, "नहीं, अब तुम बाहर जाओ।"

लाली गेट के बाहर जाकर फिर खड़ा हो गया। रतना ने लड़की की अटक अंदर से फंसा दी। अब वह इस खपच्चियों वाले गेट के अंदर खड़ी थी, जो उसके सीने तक अता था। बाहर उसके सामने लाली खड़ा था, जो खुशामद करते हुए, कह रहा था, "एक मिनट के लिए, बस एक मिनट के लिए, मेरे ताश के खेल देख लो।"

"नहीं, चले जाओ," रतना सर हिलाकर बोली, "मां कहती है, चले जाओ।"

"ऐसे मत निकालो मुझे," लाली घबराकर बोला, "बस, एक मिनट के लिए अंदर आने दो मुझे, मैं तुम्हें ऐसे-ऐसे तमाशे दिखाऊंगा कि तुम आश्चर्य करोगी।"

रतना अभी उधेड़बुन में पड़ी सोच रही थी, क्या करे, क्या न करे। मां की आज्ञा थी, उसपर भी उसका जी चाहता था कि अजनबी भिखारी से ताश के खेल देखे। इतने में लाली ने ख़ुद हुक हटाकर फिर ज़रा-सा गेट खोल लिया, और आके रतना से धीरे से बोला, "देखो, मैं तुम्हारे लिए क्या लाया हूं ?"

"क्या है ?" रतना ने दिलचस्पी लेते हुए कहा।

लाली ने कांपती हुई उंगलियों से वह रूमाल खोला और इधर-उधर देखकर शोभा की ओर पीठ करके बड़ी राज़दारी से उसकी तहें खोलने लगा। रतना उत्सुकता से रूमाल पर झुक गई।

अचानक लाली और रतना दोनों के चेहरे एक अद्भुत रोशनी से चमकने लगे।

रूमाल की तहों में लिपटा हुआ एक बहुत ही सुन्दर सितारा था।

लाली ने ऊपर आकाश की ओर संकेत करके बहुत ही धीमी आवाज़ में रतना से कहा, "जब मैं उधर से आ रहा था, तो मैंने इसे वहां से तोड़ लिया था। (हंसकर) चुपके से चुरा लिया था तुम्हारे लिए।"

रतना आश्चर्य से देखते हुए बोली, "आकाश का तारा ?"

"हां।"

रतना ने उसे लेने के लिए हाथ बढ़ाया। इतने में शोभा आते हुए बोली, "इससे कुछ मत लेना, रतना। यह चोर है, कहीं से कुछ चुराकर लाया होगा।"

लाली ने फ़ौरन तारे को रूमाल की तहों में छुपा लिया। शोभा उसके पास आकर बोली, "जाओ, चले जाओ यहां से, इसी क्षण।"

"हां, भागो यहां से" रतना ने भी कहा, और लाली को धकेलकर गेट बंद कर दिया। लाली अंतिम बार फिर मुड़ा, विनयभरी निगाहों से रतना की ओर देखकर कहने लगा, "मुझे ऐसे मत निकालो, बच्ची, मुझे एक नेक काम करना है, बस मुझे एक अच्छा काम करने दो, बस एक अच्छा काम।"

रतना क्रोध से चिल्लाकर बोली, "भागो !"

लाली बोला, "सुनो बच्ची !"

रतना अपना हाथ उठाकर बोली, "चले जाओ, वह रास्ता रहा तुम्हारा। अभी जाओ, वरना।" लाली को एकदम क्रोध आ गया, उसने रतना के बढ़े हुए हाथ पर ज़ोर से अपना हाथ मार दिया। चट की आवाज़ आई, जैसे किसीने ज़ोर से चांटा मार दिया हो। रतना आश्चर्य से चकित होकर पीछे हटी। सहमी-सहमी निगाहों से भिखारी की ओर देखते हुए रुंधे गले से बोली, "मां !" शोभा टीन से उठकर दौड़ी-दौड़ी रतना के पास आई बोली, "क्या हुआ रतना?" "मां।" रतना आश्चर्य से लाली को देखते हुए बोली, "मां, इसने मुझे मारा। हाथ पर—यहां—कितने ज़ोर की आवाज़ हुई थी, मां। पर....? (अचरज से लाली को देखते हुए) ऐसा लगा मां, ऐसा लगा मां (वह बड़ी हैरत से लाली को देखते हुए बोली)...ऐसा लगा मां, जैसे किसी ने मेरे हाथ को रेशम की उंगलियों से छू लिया हो। मां, मुझे

ज़रा भी पीड़ा नहीं हुई।"

रतना आश्चर्य से लाली को ताकते हुए शोभा के पीछे जा खड़ी हुई, और उसके कंधे के पीछे से सर निकालकर लाली की ओर देखने लगी।

शोभा ने बड़े प्यार से रतना को थपथपाते हुए कहा, "रतना, तुम अंदर चली जाओ।"

रतना धीरे-धीरे पैर बढ़ाते और आश्चर्य से लाली की ओर मुड़-मुड़कर देखती हुई बरामदे की ओर जाने लगी। लाली उसे बड़ी सहानुभूति और अपनेपन से देख रहा था। जब वह बरामदे से गुज़रकर अंदर छप्पर में चली गई, तो शोभा ने उसे पूछा, "तुमने मेरी बच्ची को मारा ?"

"हां, मैंने मारा," लाली बोला।

पहली बार शोभा ने उसे नई निगाहों से देखा, जैसे उसे पहचानने की कोशिश कर रही हो, फिर यकायक उसकी आवाज़ में आंसू छलक आए। वह कांपते हुए स्वर में बोली, "क्या तुम इसीलिए यहां आए थे कि मेरी बच्ची को मारो ?"

"नहीं," लाली बोला। "मैं इसलिए तो नहीं आया था, मगर-मैंने हाथ मार दिया और (सर झुकाकर) अब मैं वापस जा रहा हूं।"

शोभा ने कहा, "भगवान् के लिए बता दो, तुम कौन हो ? कहां से आए हो ?"

लाली बड़ी सिधाई से बोला, "एक ग़रीब भिखारी जो बहुत दूर से आया, तेरे द्वार पर—जो भूखा था, जिसने तेरा नमक खाया और फिर तेरी बेटी ही को हाथ मार बैठा। (सर ऊंचा करके) क्या मुझसे नाराज़ हो ?"

शोभा अपने सीने पर हाथ रखकर बोली, "जाने क्या बात है, मैं समझ

नहीं सकती—पर मैं तुमसे नाराज़ नहीं हूं, बिल्कुल नाराज़ नहीं हूं। जाने क्या बात है ?"

लाली जंगले पर झुक जाता है, लज्जा और पछतावे से। शोभा मुड़ती है, जाकर टूटी-पुरानी खानेवाली मेज़ पर बैठ जाती है, और रतना को अवाज़ देकर कहती है, "रतना, आ जाओ, खाना ख़त्म कर लो।" रतना छप्पर से बाहर आ गई, बोली, "क्या वह चला गया ?"

"हां, वह जा रहा है।"

शोभा और रतना दोनों आमने-सामने मेज पर बैठी हैं मगर अब दोनों की जगह बदल गई है। पहले जहां शोभा बैठी थी वहां अब रतना आ बैठी है और जहां पहले रतना बैठी थी अब वहां शोभा बैठी है। अब रतना की पीठ भिखारी की ओर हो गई और शोभा भिखारी के सामने है। पर शोभा इस समय भिखारी की ओर नहीं देख रही। थी, चेहरा ऊपर शून्य में किए हुए कुछ सोच रही थी। रतना ने उसे झिझोड़कर पूछा, "मां, तुम्हें क्या हुआ है ?"

"कुछ नहीं, बेटी।" शोभा ने बड़ी भावुकता से कहा। ठीक उसी समय जब शोभा शून्य में देख रही थी, और रतना की पीठ जंगले की ओर थी, उन दोनों काले चोग़ेवाले ऊपर के संतरियों ने फिर जंगले के निकट प्रवेश किया। उन्होंने निराश निगाहों से लाली की ओर देखा। लाली ने धीरे से अपने कंधे उचकाए, उन दोनों संतिरियों ने उसे फिर बीच में ले लिया, आगे-आगे पहला संतरो, फिर अंत में दूसरा संतरी। अब वे तीनों चलते-चलते शोभा के घर के सामने से ओझल हो गए।

रतना ने अपनी मां की ओर देखकर पूछा, "मां, क्या सोच रही हो ?"

शोभा ने चौंककर कहा—"ऐं !" फिर अपने आपको संभालने की चेष्टा

करते हुए बोली, "कुछ नहीं बेटी, कुछ नहीं हुआ।"

"मां, तुम मुझे बताती क्यों नहीं हो ?"

"बताने के लिए अब है क्या, बेटी," शोभा थके हुए स्वर में बोली "बस आज इतना हुआ कि जब हम खाना खा रहे थे एक भिखारी आया और उसने बीते हुए दिनों की बातें कहीं। और मुझे तेरे पिता याद आ गए।"

"मेरे पिता ?"

"हां, मेरा लाली।"

रतना चुपचाप खाना खाने लगी। शोभा फिर शून्य में देखने लगी। उसकी आंखों में आंसू उमड़ने लगे। अचानक रतना ने पूछा, "मां, एक बात बताओ, क्या ऐसा हो सकता है, कोई हमें मारे और ज़रा भी दर्द न हो। इतने ज़ोर से हाथ मार दे और ज़रा भी दर्द न हो। क्या ऐसा कभी हुआ है, मां ?"

शोभा ने कांपते हुए स्वर में कहा, "हां बेटी, मेरे साथ ऐसा हो चुका है।"

रतना ने फिर बहुत आश्चर्य से कहा, "पर मां, ऐसा कैसे हो सकता है, कोई ज़ोर से मारे—बहुत ज़ोर से, सख़्ती से, क्रोध से हाथ मार दे और ज़रा भी चोट न आए। कहीं पर दर्द न हो ?"

"ऐसा हो सकता है, मेरी बच्ची," शोभा ने बड़ी कोशिश की कि वह साधारण गंभीर स्वर में बात करे, पर उसकी चेष्टा विफल होती गई और आंसुओं की बाढ़ उसकी आवाज़ में घुलती रही और उसका स्वर कांपता रहा। वह बोली, "ऐसा हो सकता है, मेरी बच्ची, कोई ज़ोर से मारे—और पीटे—पीटे और फिर भी कहीं दर्द न हो।"

यकायक वह अपने हृदय में छुपी वेदना सहन न कर सकी। उसने बेबस होकर मेज़ पर सर रख दिया और फूट-फूटकर रोने लगी।

दूर ऊपर शून्य में जाते हुए पहले संतरी ने निराश निगाहों से लाली की ओर देखकर कहा, "यह तुमने क्या कर दिया ? फिर वही हरकत ?"

"क्या करूं?" लाली ने लाचार स्वर में उत्तर दिया, "मैं इन्सान हूं, झुक नहीं सकता।"

***